春联挥毫必备

曹全碑集字春联

程峰 编

春至百花香滿地

春來萬事喜臨門

上海书画出版社

《春联挥毫必备》编委会

主编
王立翔

副主编
程　峰

编委
（按姓氏笔画排序）
王立翔　王　剑　吴志国　吴金花
沈　浩　沈　菊　张杏明　张恒烟
张　忠　郑振华　程　峰　雍　琦

出版说明

『爆竹声中一岁除，春风送暖入屠苏。千门万户曈曈日，总把新桃换旧符。』王安石的《元日》诗描绘了一幅宋代的春节风俗图：燃爆竹、饮屠苏酒、换桃符。然而，早在一千年前的五代后蜀孟昶那里，桃符已以一副书为『新年纳余庆，嘉节号长春』的春联悄悄改变了形式与内涵：鲜艳的红纸取代了长方形桃木板，吉祥的联语取代了『神荼』、『郁垒』的名字或画像，其寓意也由原来的驱邪避灾转向了求安祈福。春节是我国农历年中第一个也是最重要的传统节日，春联在辞旧岁迎新春的同时，也渗进了农业社会人们朴素的生活理想：国泰民安、人寿年丰、家庭和睦、事业顺利。春联对仗的联语不仅是文字的精妙组合与书法的多样呈现，更是人们美好生活祈向的承载。这些生活祈向，虽然穿越古今，却经久不衰，回荡在一代代人的内心深处。作为这些生活祈向的载体，作为从古代派往现代的使者，春联的命运也同样历久弥新。无论大江南北、农村城市，抑或雅俗贵贱、穷达贫富，在喜气盈门的春节里，都不能没有春联的表达与塑造！

我社出版的『春联挥毫必备』系列，集名家名帖之字，成行气贯通之联。一家一帖集成一书，其内容又以类相从编排，不仅从形式到内容上有力地保证了全书的一致性与连贯性，更便于读者有针对性地、分门别类地欣赏、临摹、创作之用。可以说，一编握手中，一切纳眼底，从书法的字体书体，到文字的各种情感表达，及隐藏其后的对生活的深刻理解与美好祈向，都能在本书中找到满意的答案。

上海书画出版社

目录

文化春联

行业春联

爱国春联

生肖春联

横披

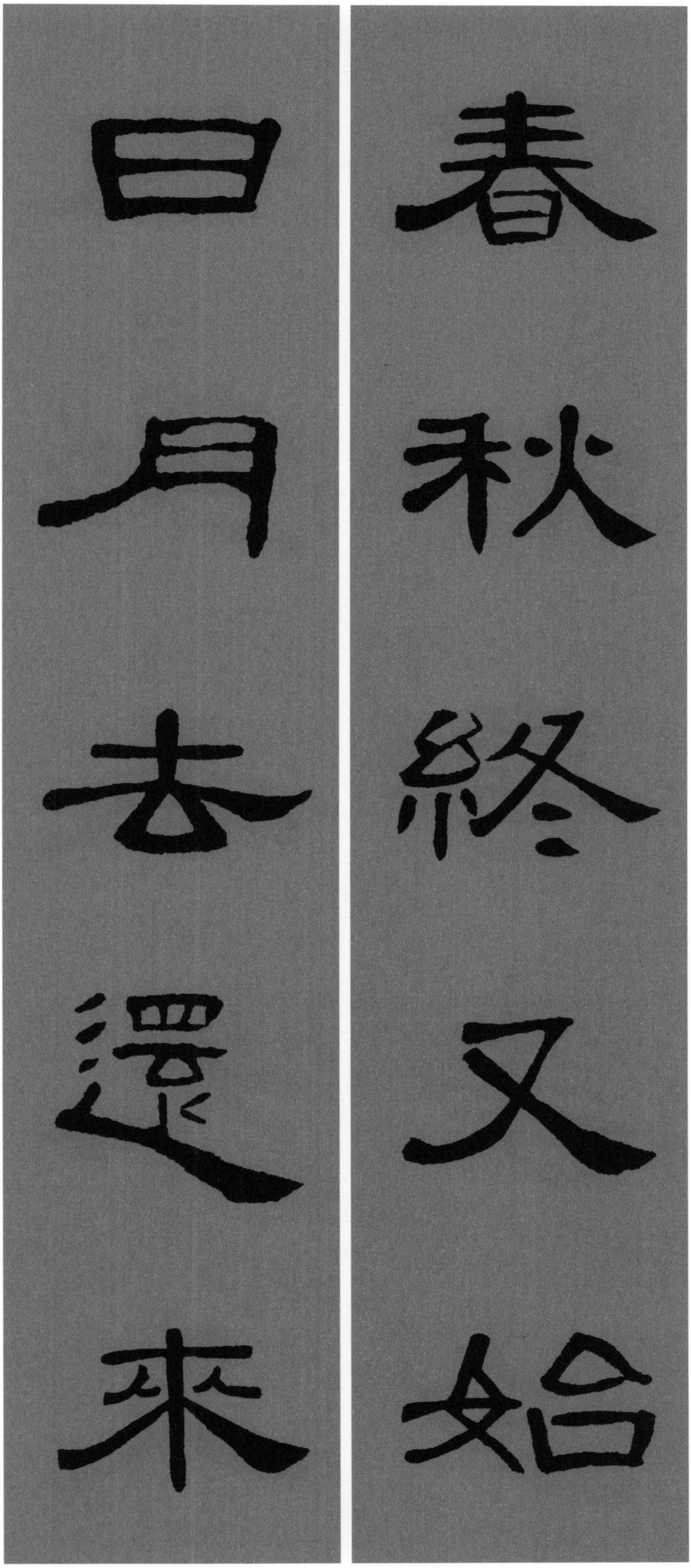

上联一春秋终又始
下联一日月去还来

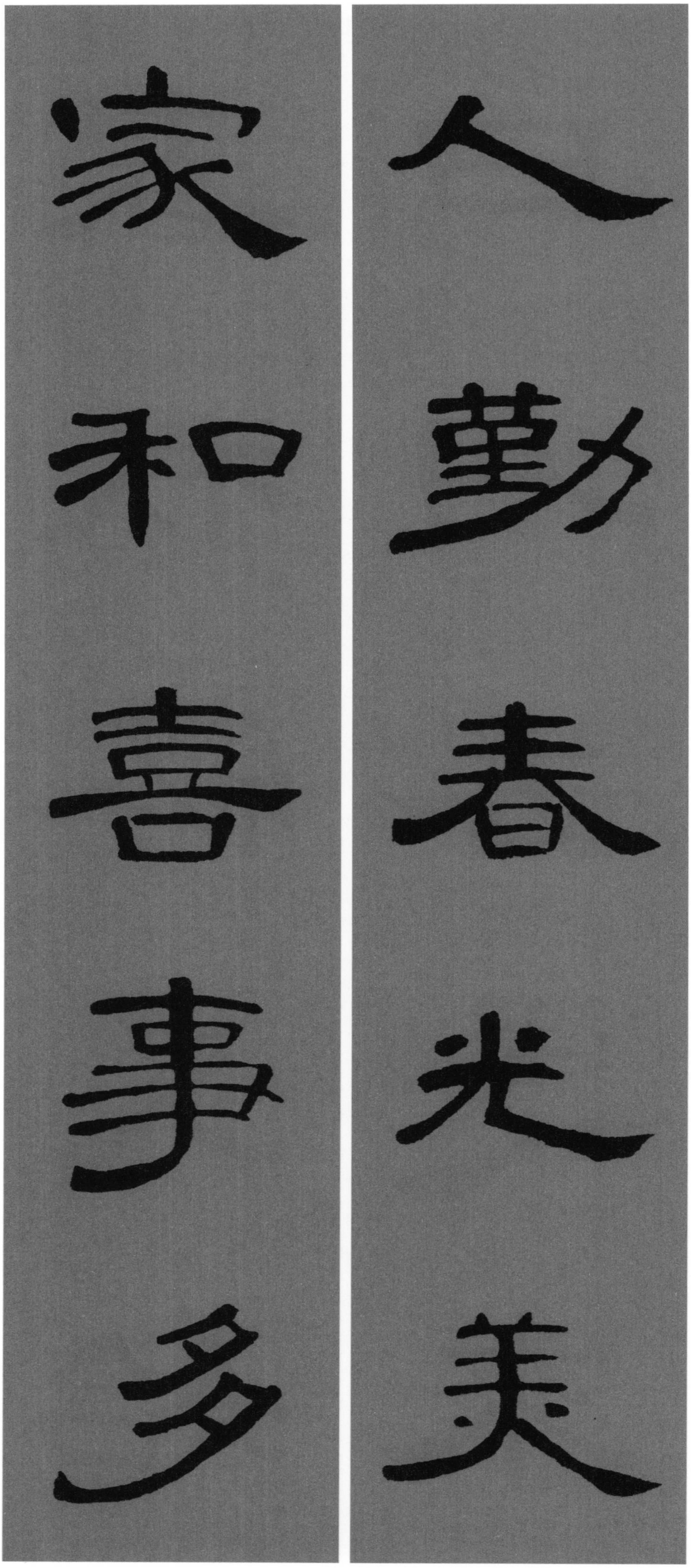

上联—人勤春光美
下联—家和喜事多

上联一细雨六合润
下联一和风万物春

上联— 远山含紫气
下联— 芳树发春晖

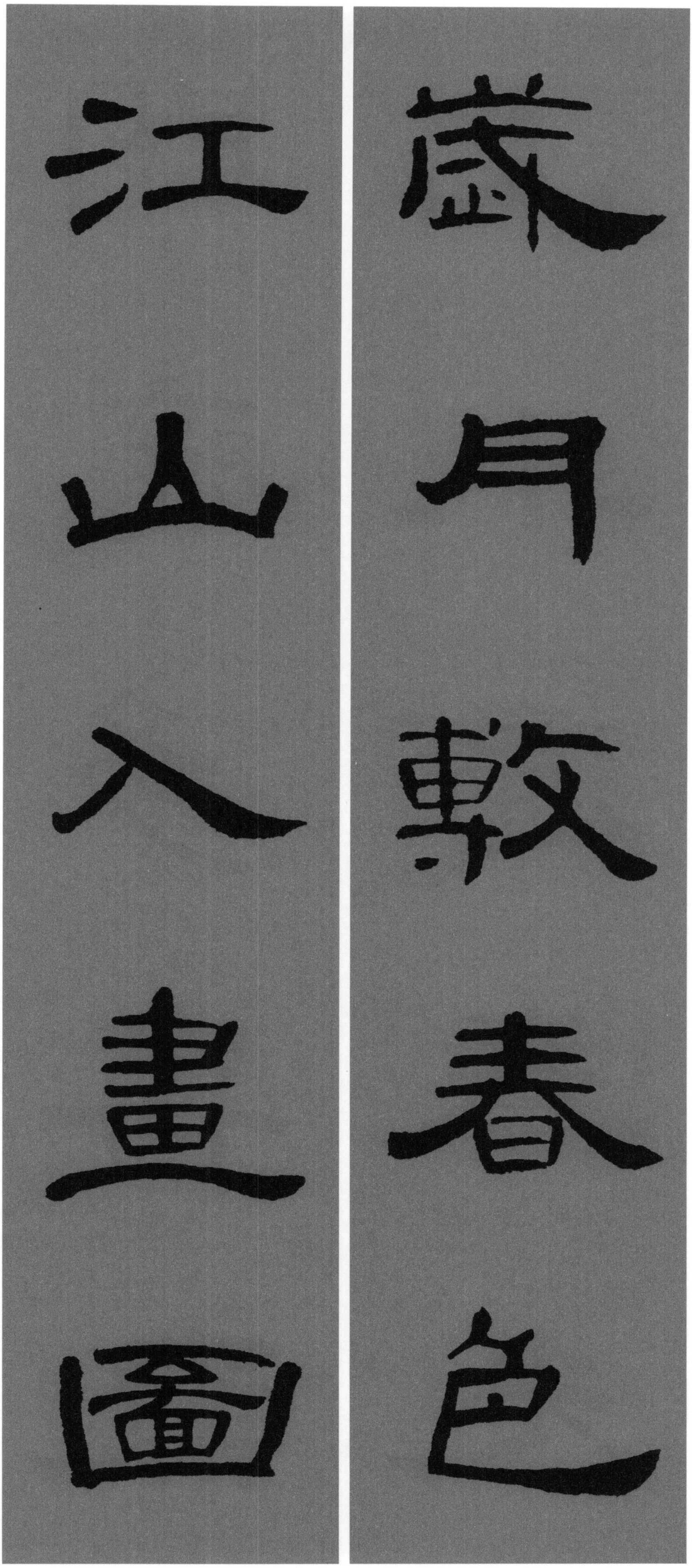

上联—岁月敷春色
下联—江山入画图

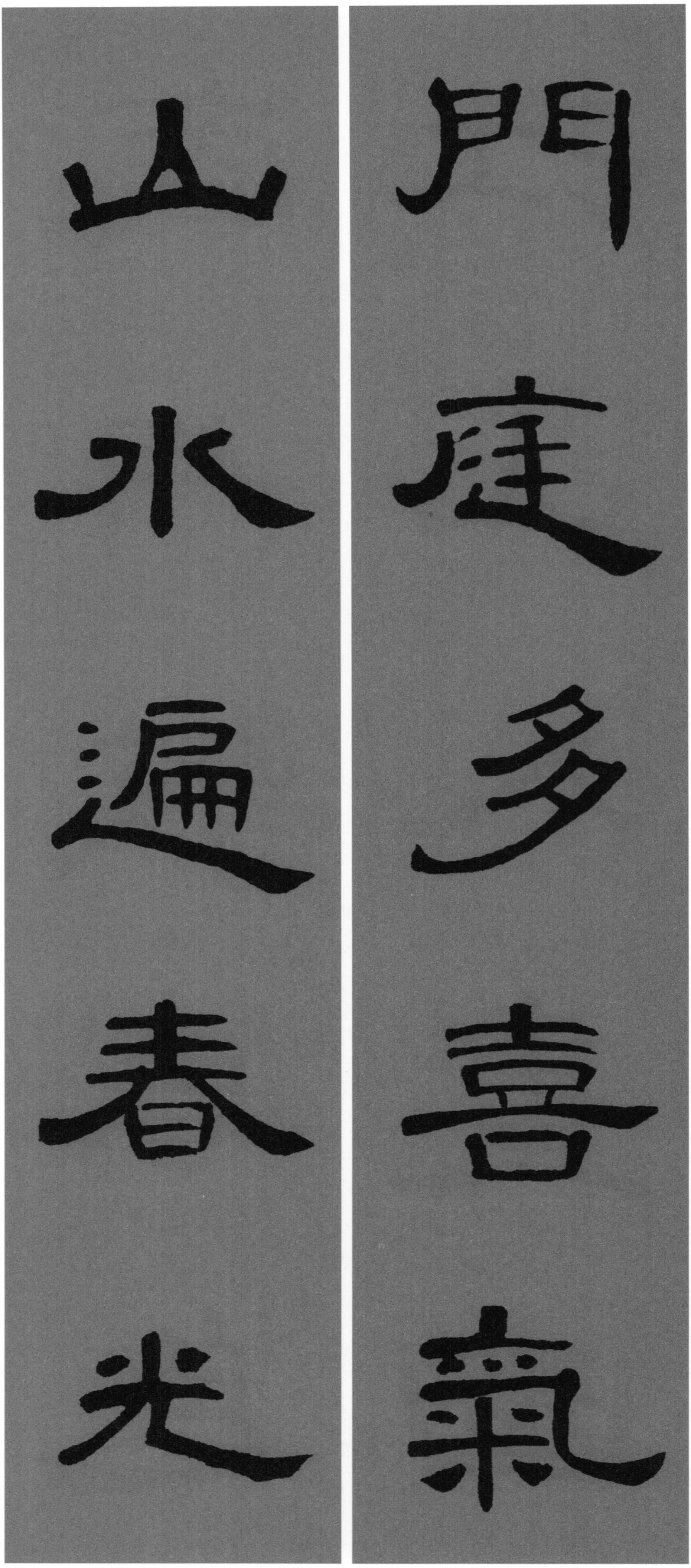

上联—门庭多喜气
下联—山水遍春光

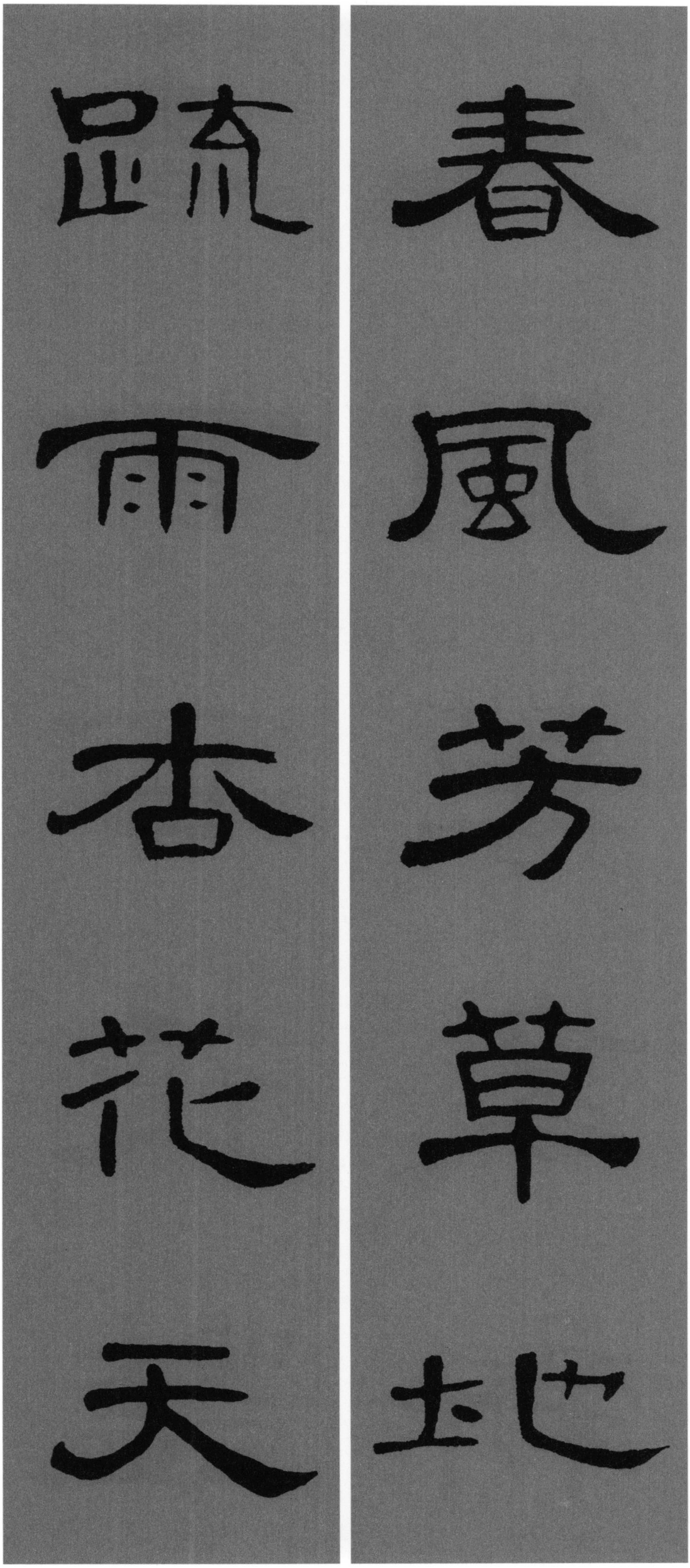

上联—春风芳草地
下联—疏雨杏花天

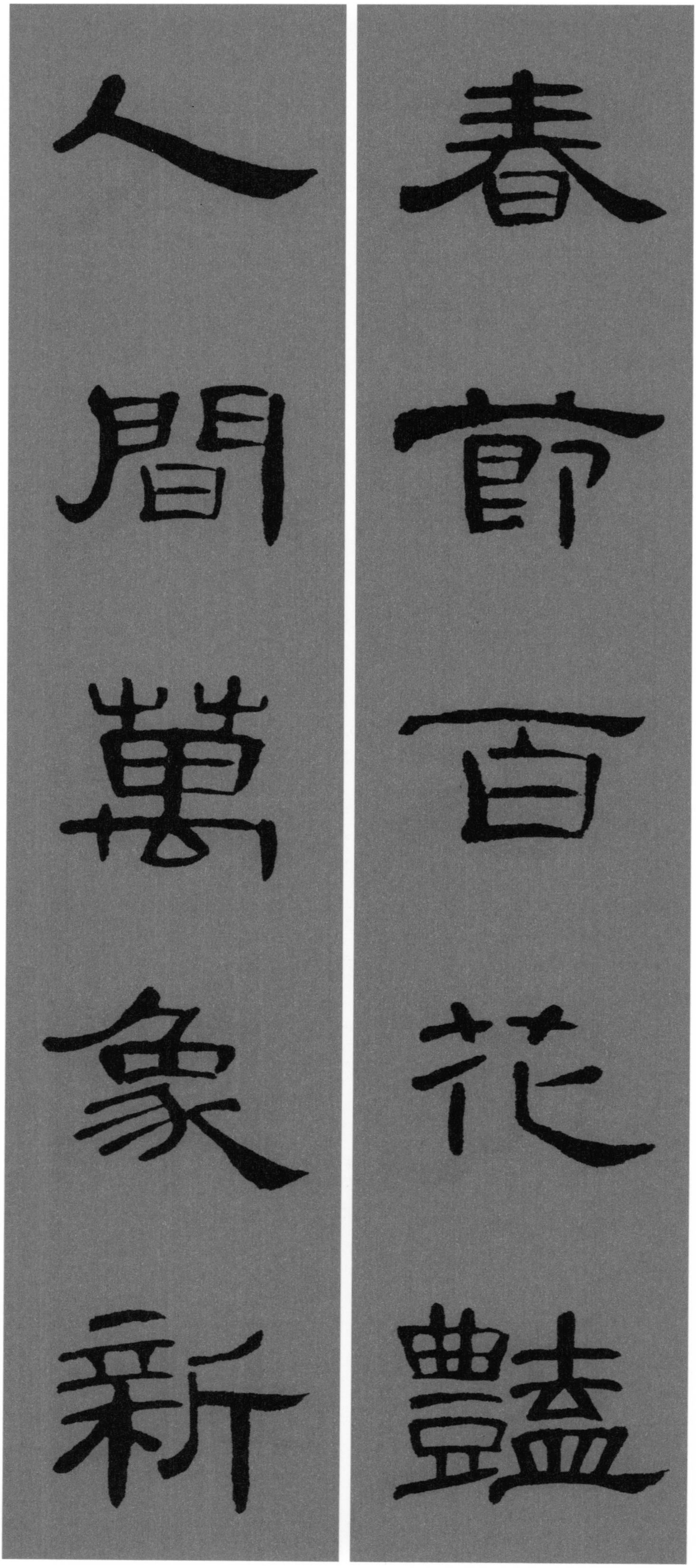

上联—春节百花艳
下联—人间万象新

上联—寒雪梅中尽
下联—春风柳上归

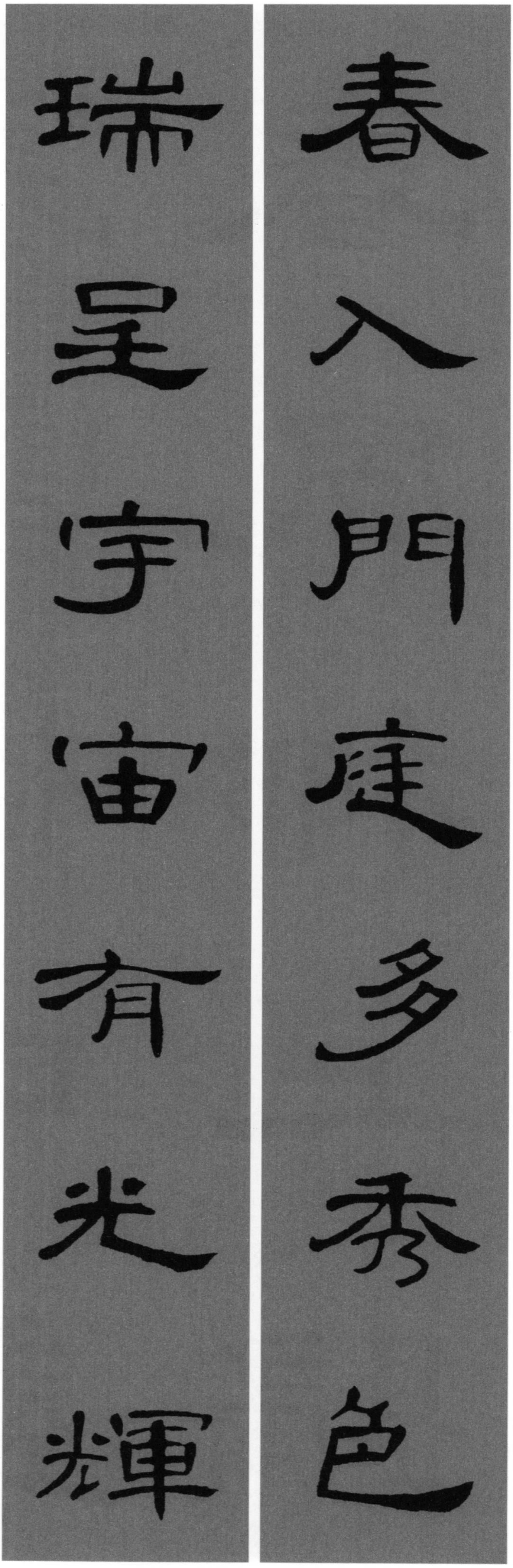
春入門庭多秀色
瑞呈宇宙有光輝

上联—春入门庭多秀色
下联—瑞呈宇宙有光辉

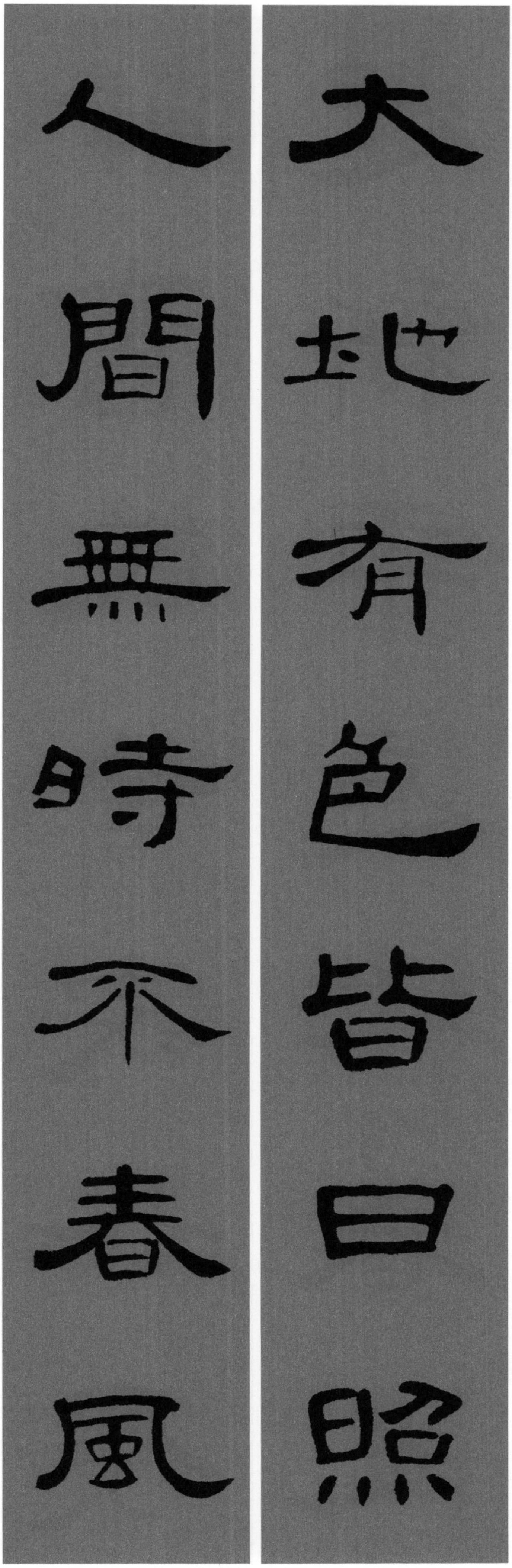

上联一大地有色皆日照
下联一人间无时不春风

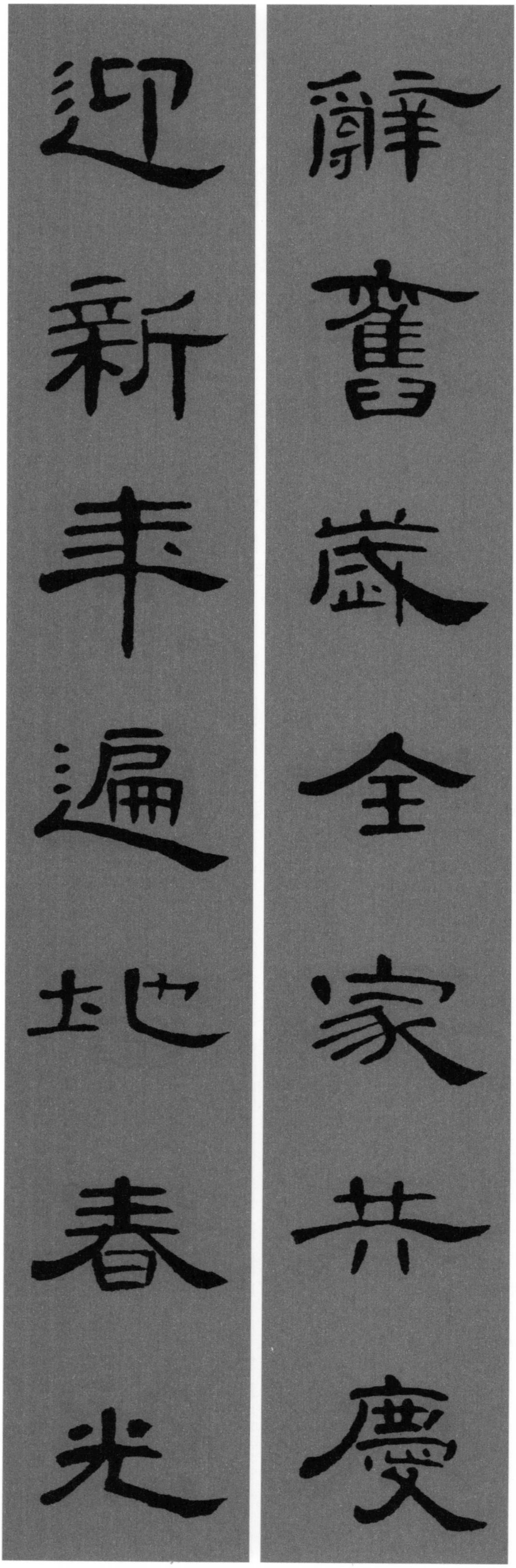

上联—辞旧岁全家共庆
下联—迎新年遍地春光

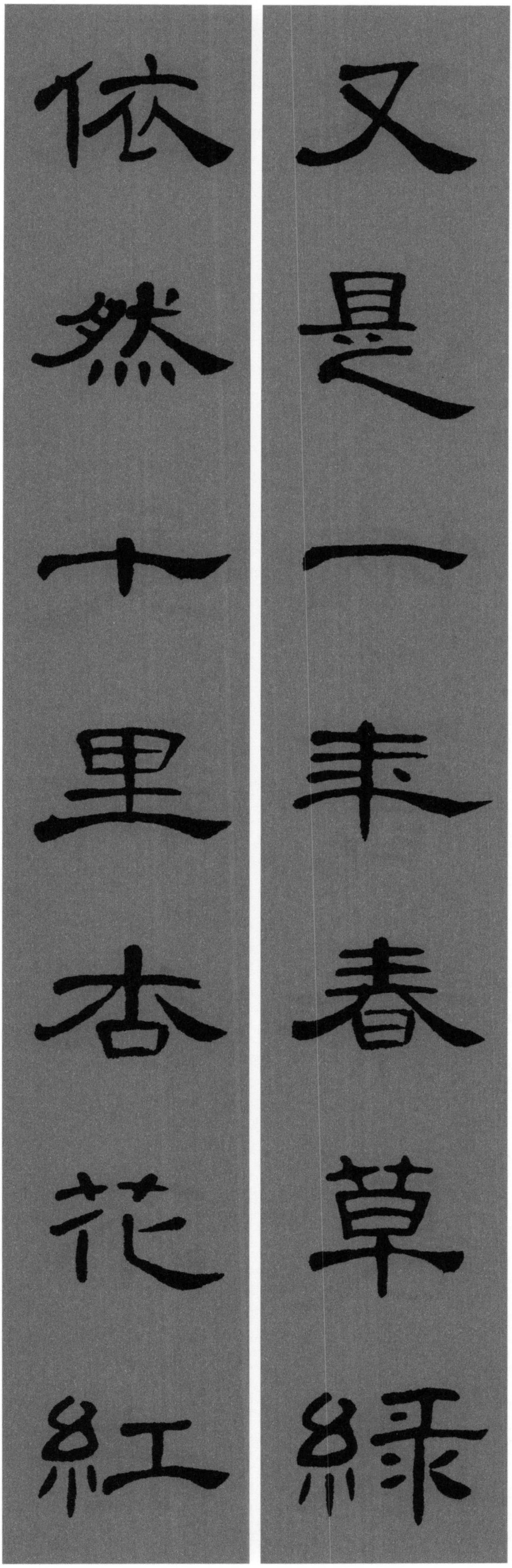

上联—又是一年春草绿
下联—依然十里杏花红

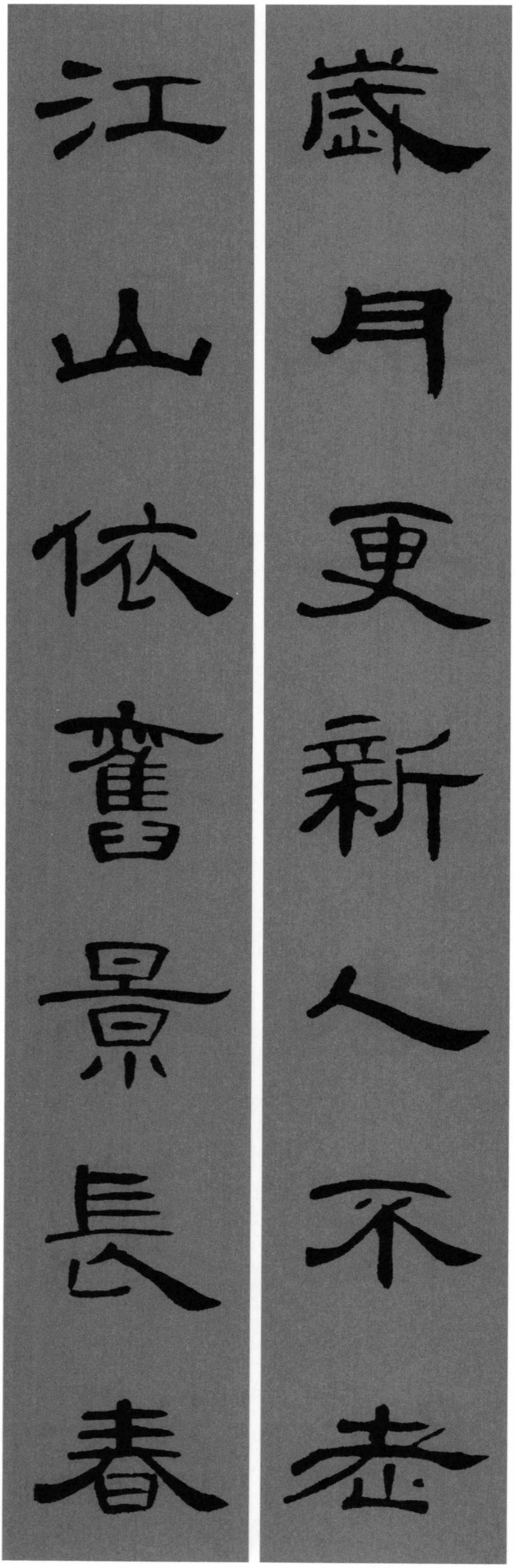

上联—岁月更新人不老
下联—江山依旧景长春

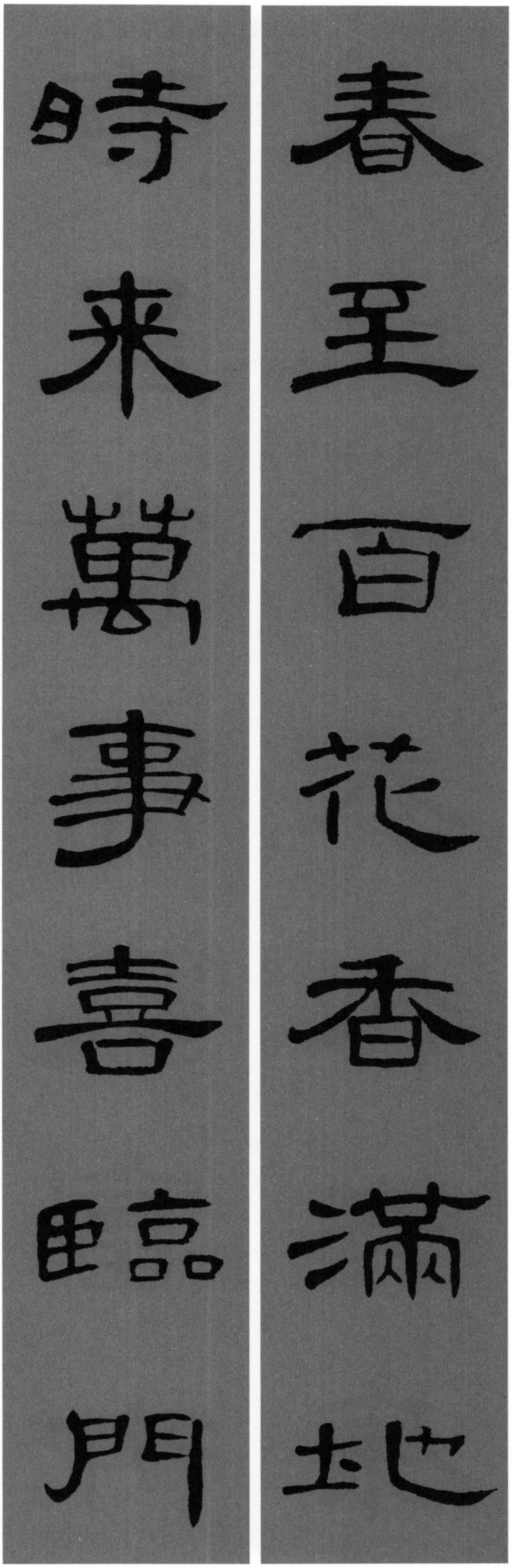

上联—春至百花香满地
下联—时来万事喜临门

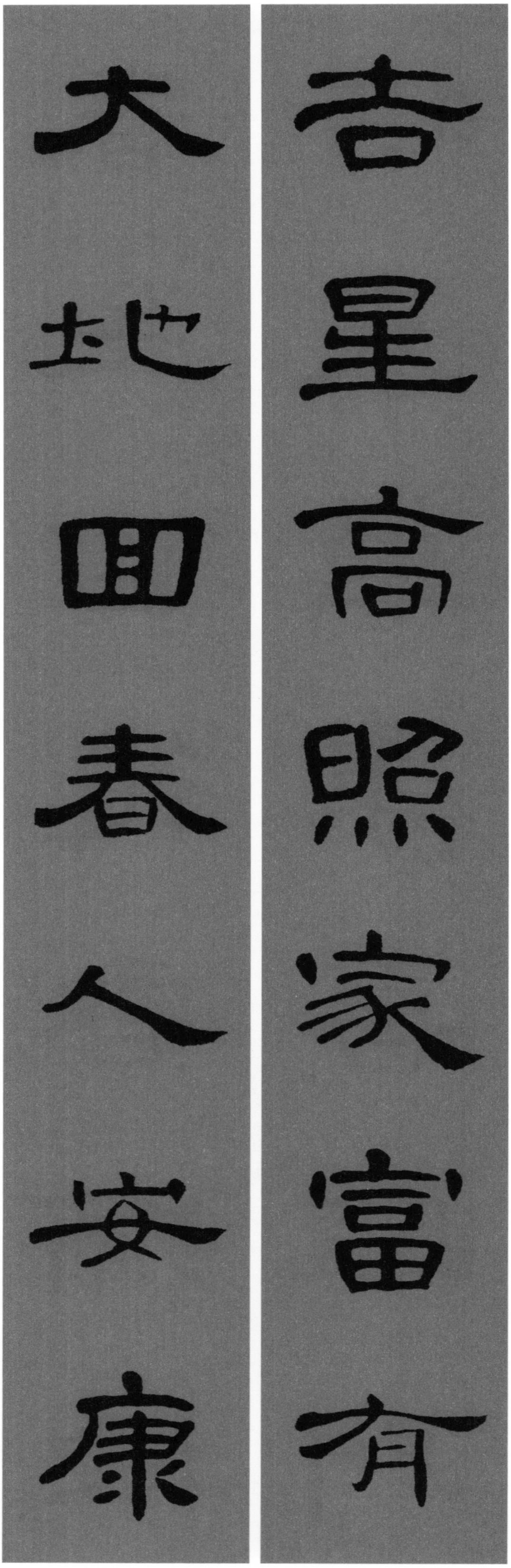
吉星高照家富有
大地回春人安康

上联—吉星高照家富有
下联—大地回春人安康

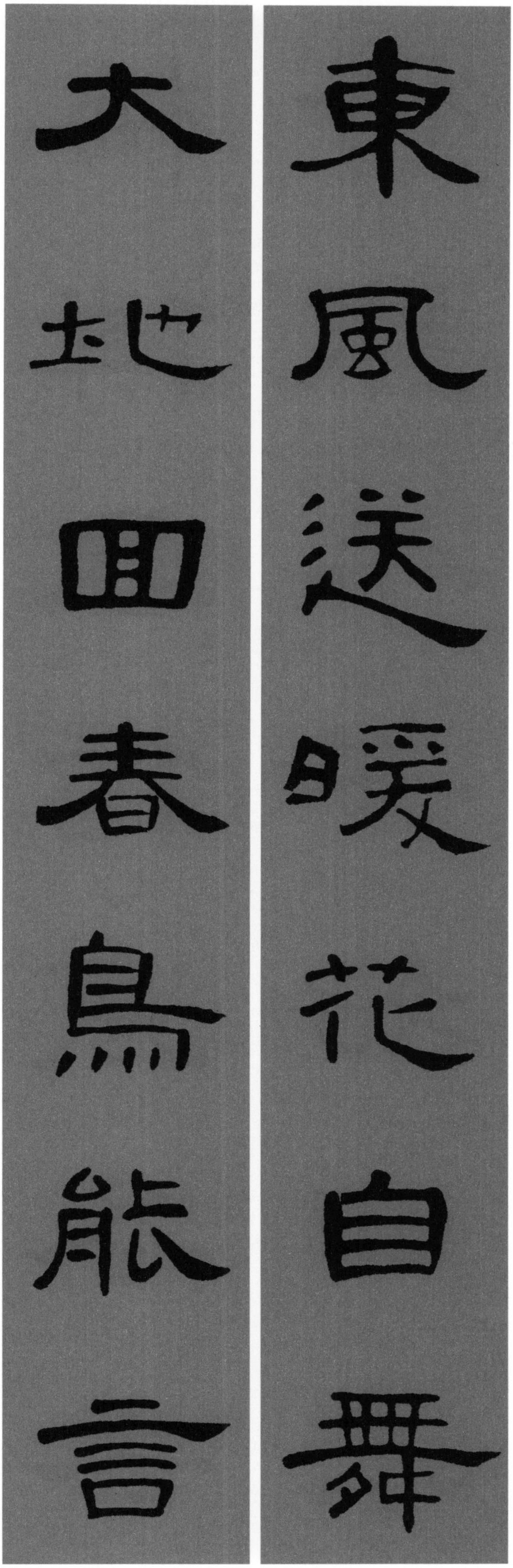

上联 — 东风送暖花自舞

下联 — 大地回春鸟能言

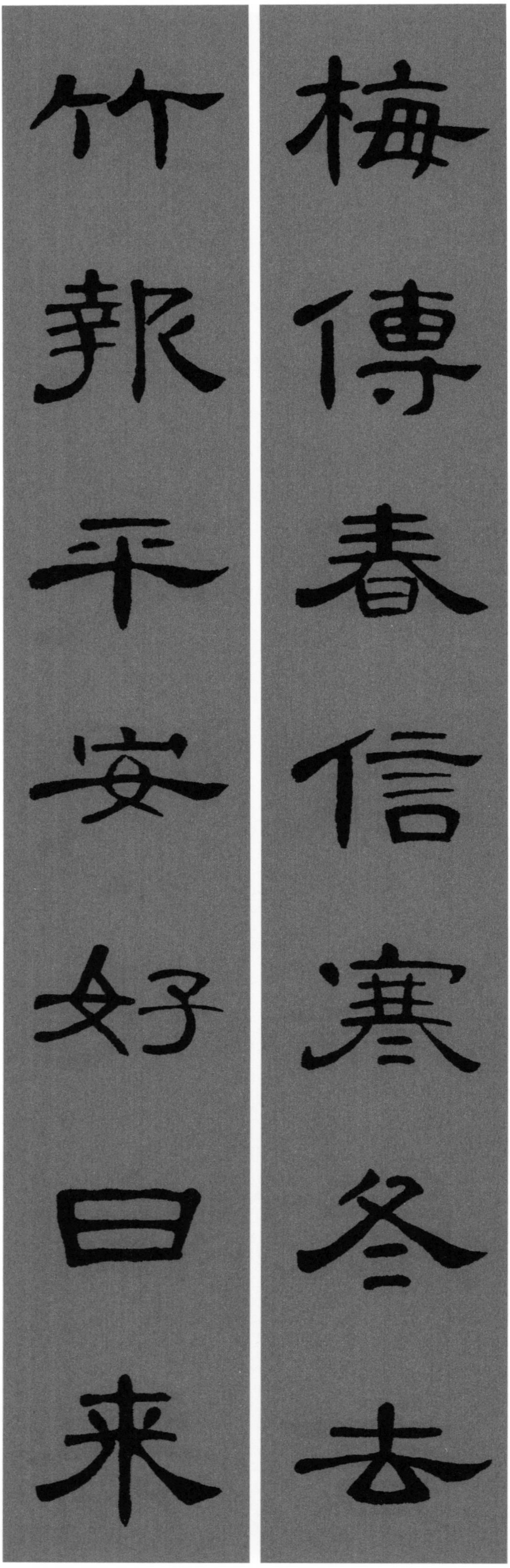

上联：梅传春信寒冬去
下联：竹报平安好日来

上联一有情红梅报新岁
下联一得意桃李喜春风

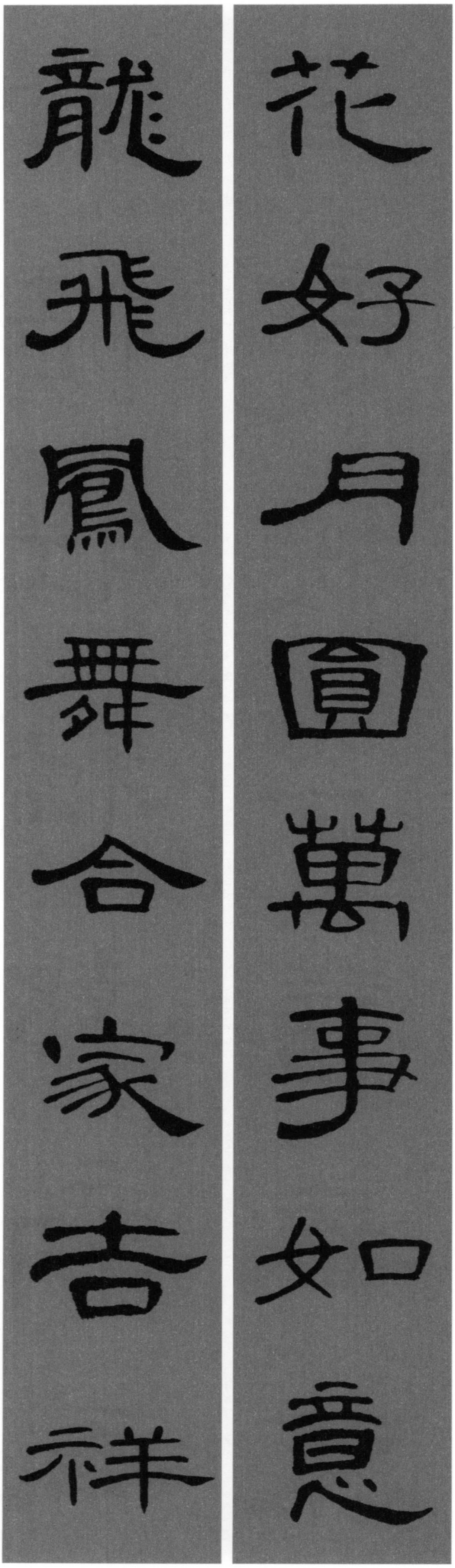

上联—花好月圆万事如意
下联—龙飞凤舞合家吉祥

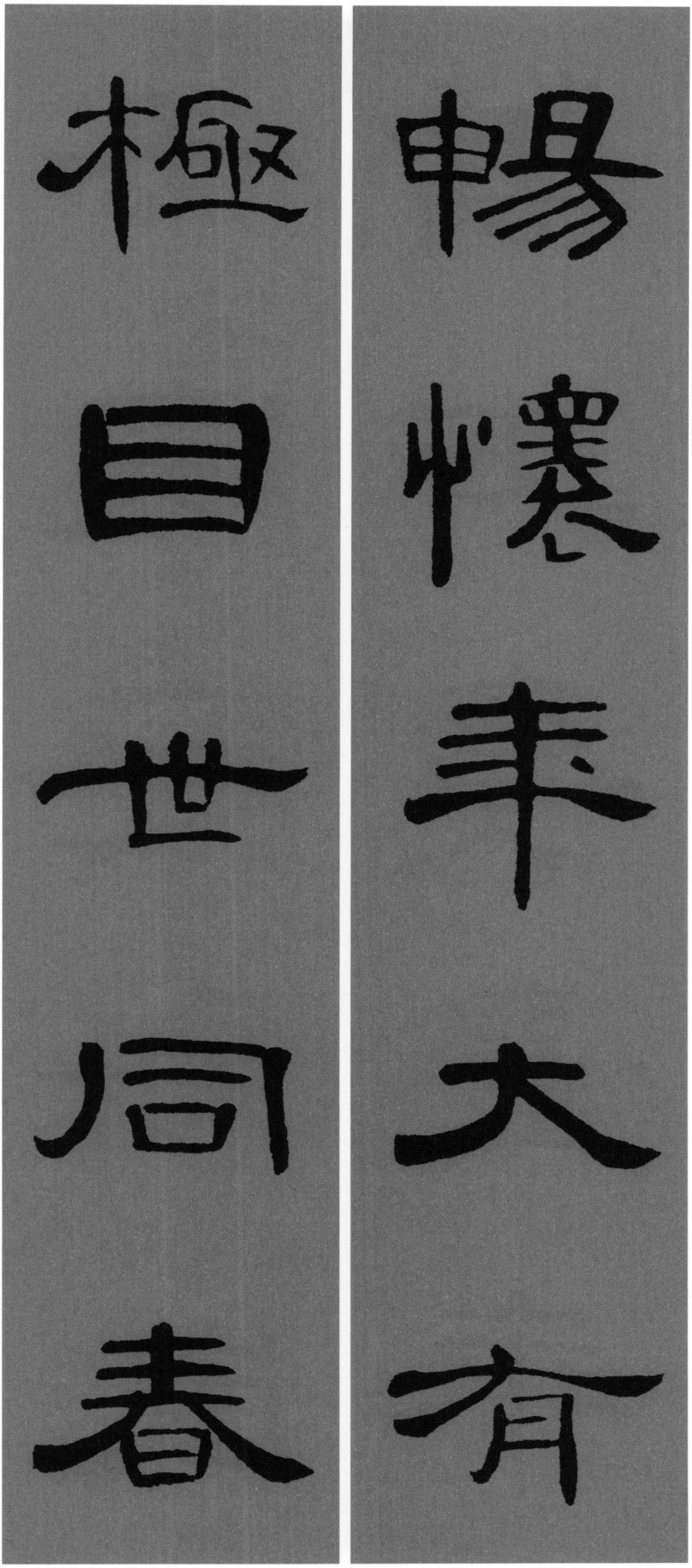

上联：畅怀年大有
下联：极目世同春

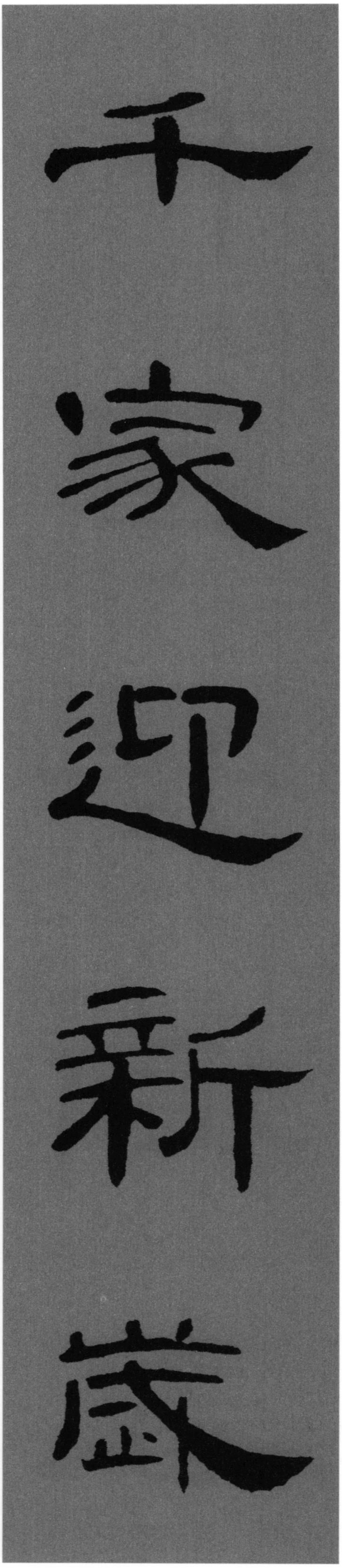

上联—千家迎新岁
下联—万户庆丰年

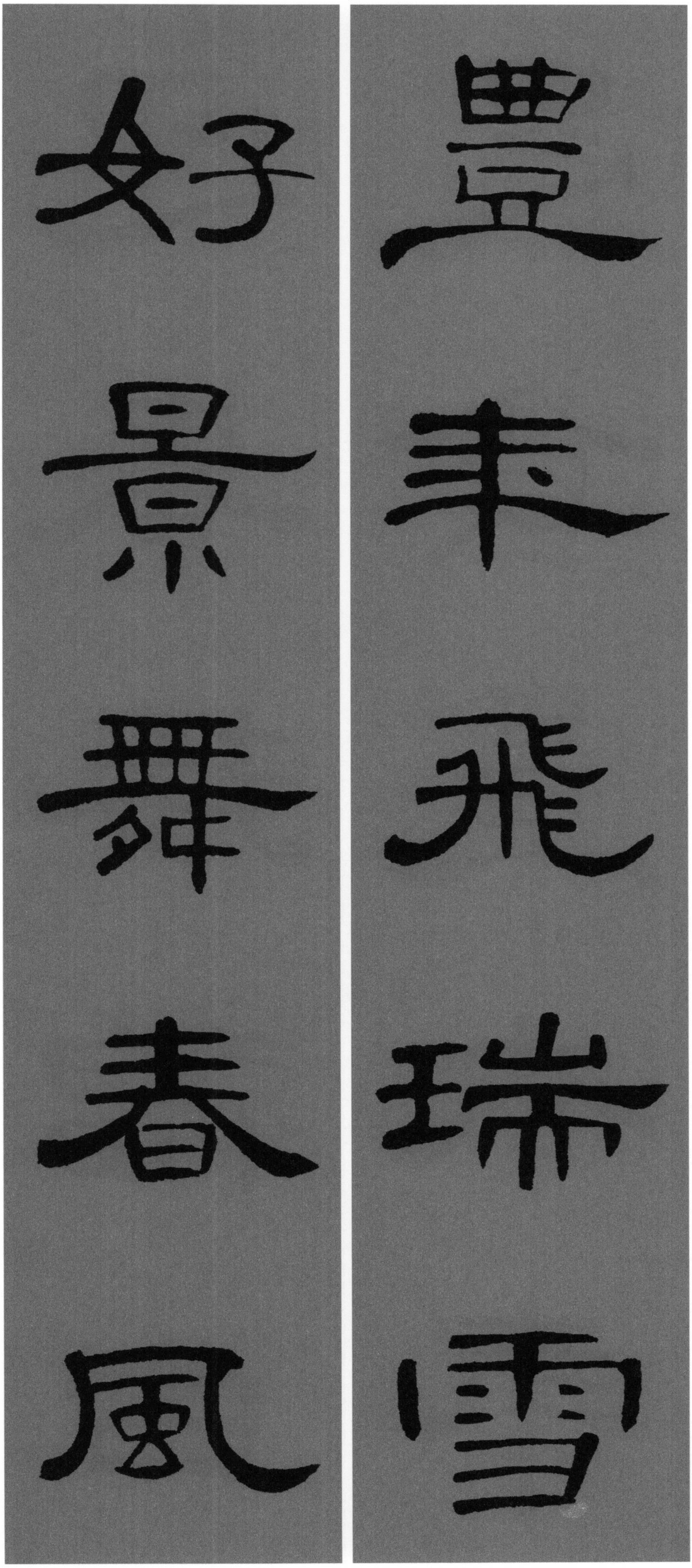

上联一丰年飞瑞雪
下联一好景舞春风

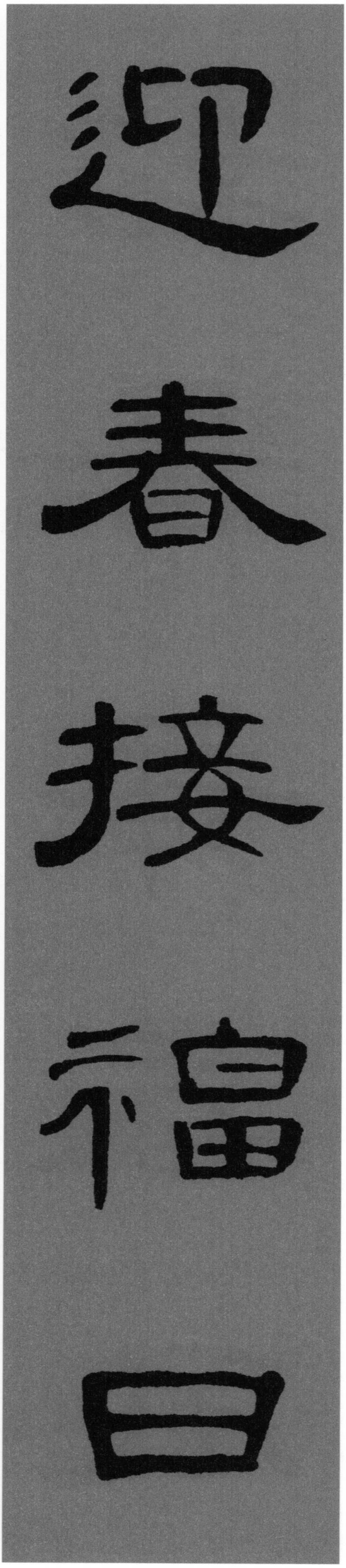

上联｜迎春接福日
下联｜足食丰衣年

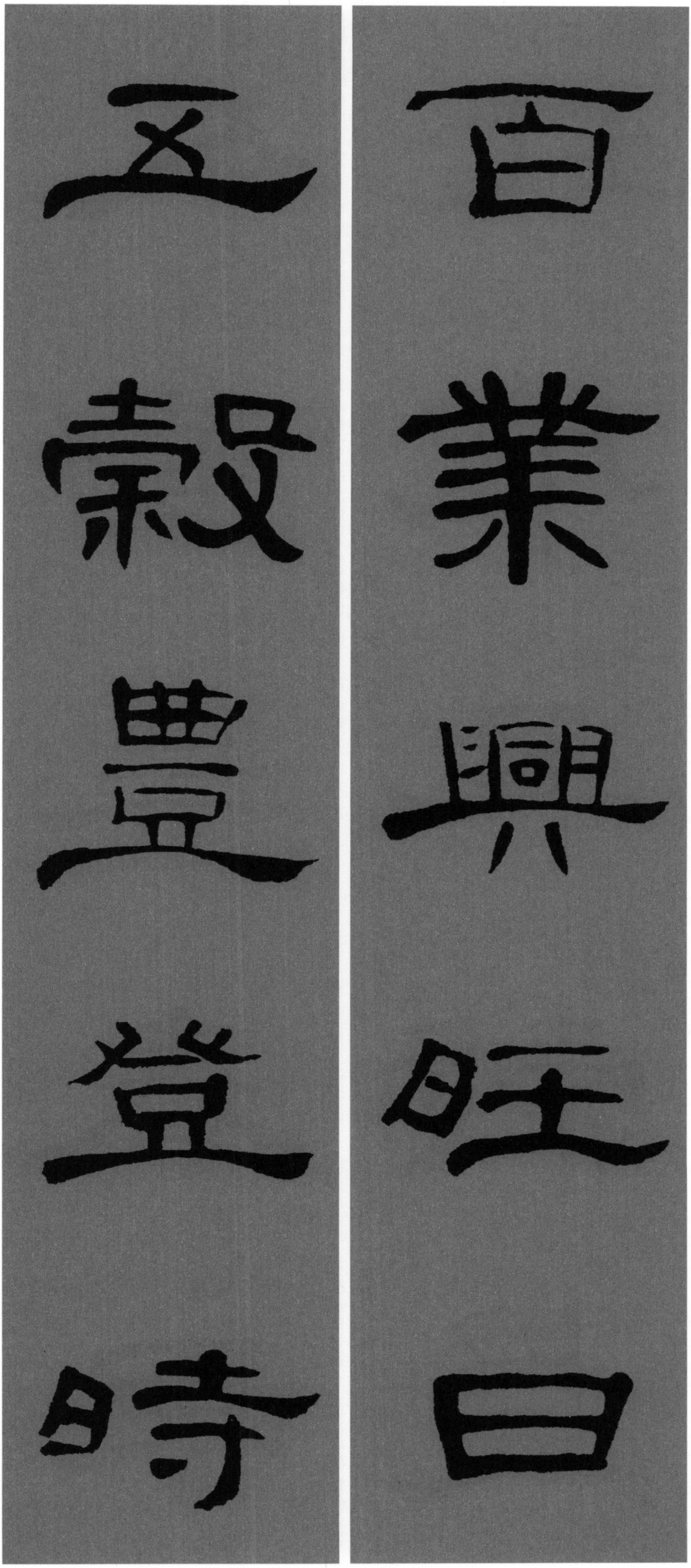

上联：百业兴旺日

下联：五谷丰登时

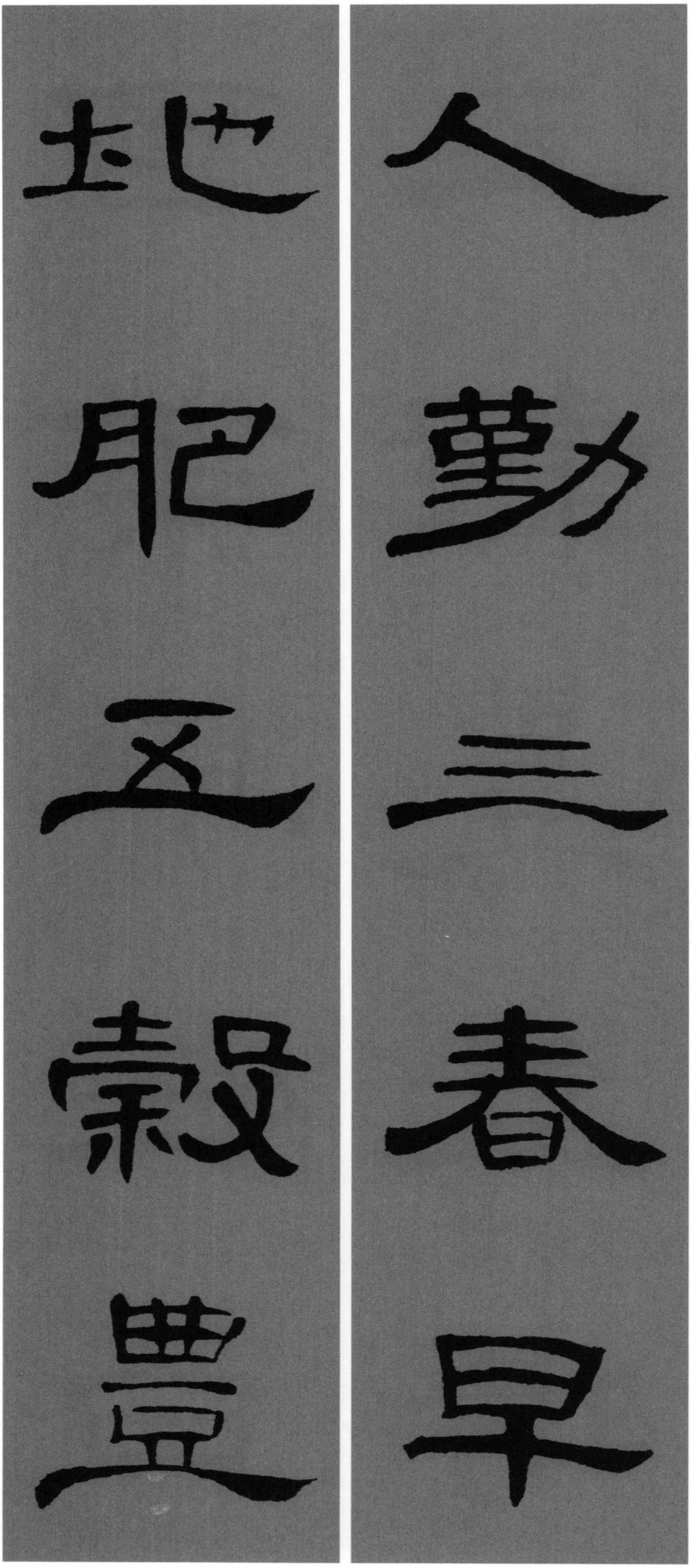

上联—人勤三春早
下联—地肥五谷丰

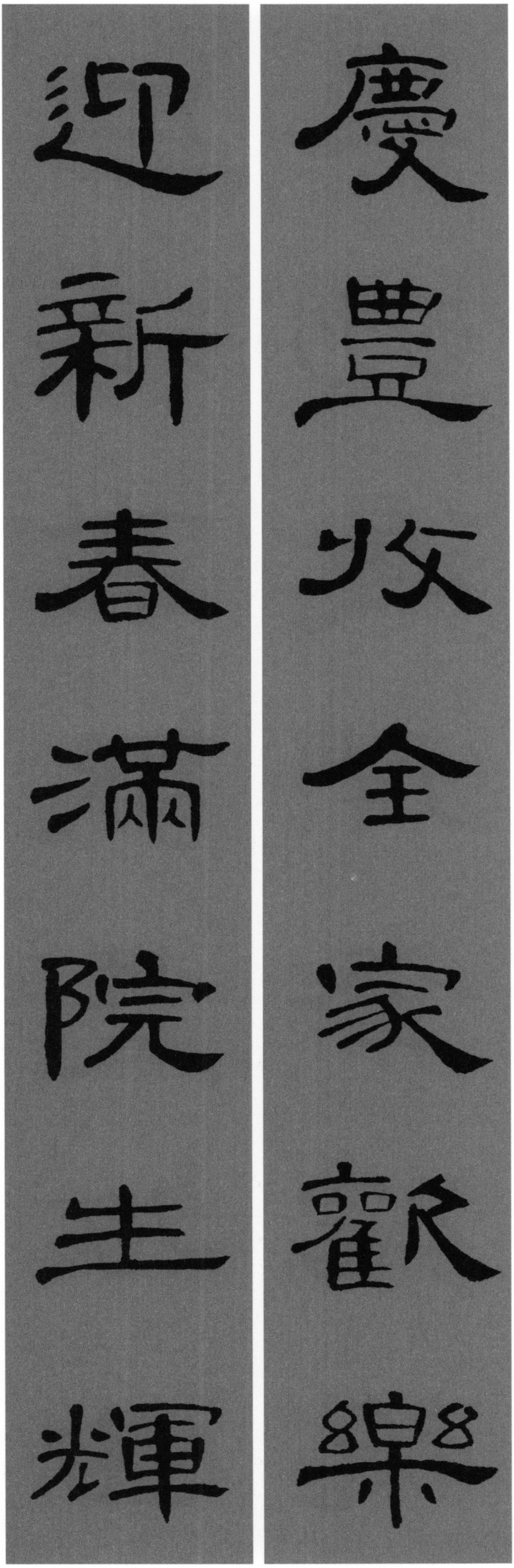

上联—庆丰收全家欢乐
下联—迎新春满院生辉

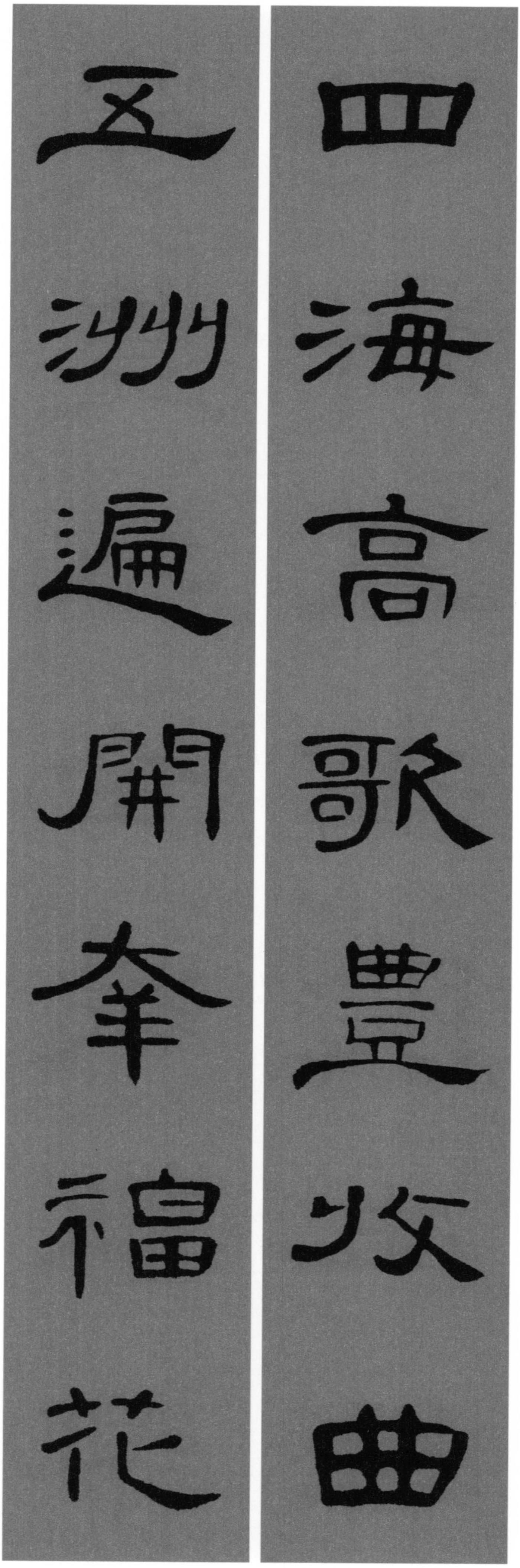

上联—四海高歌丰收曲
下联—五洲遍开幸福花

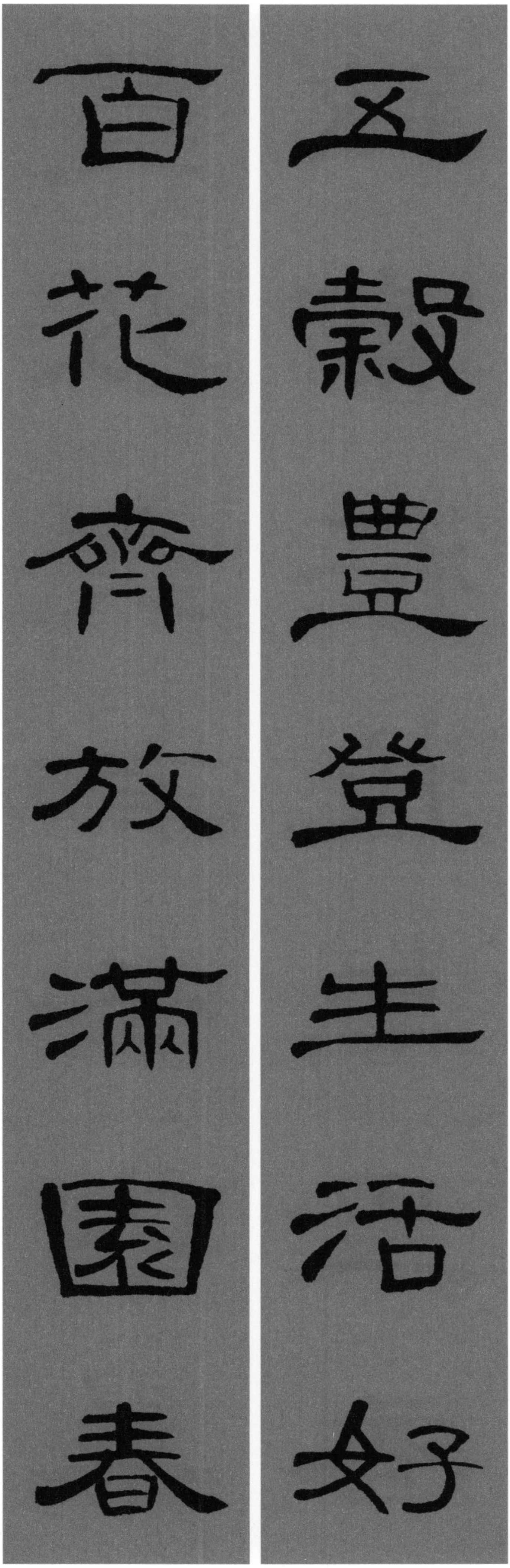
五穀豐登生活好
百花齊放滿園春

上联—五谷丰登生活好
下联—百花齐放满园春

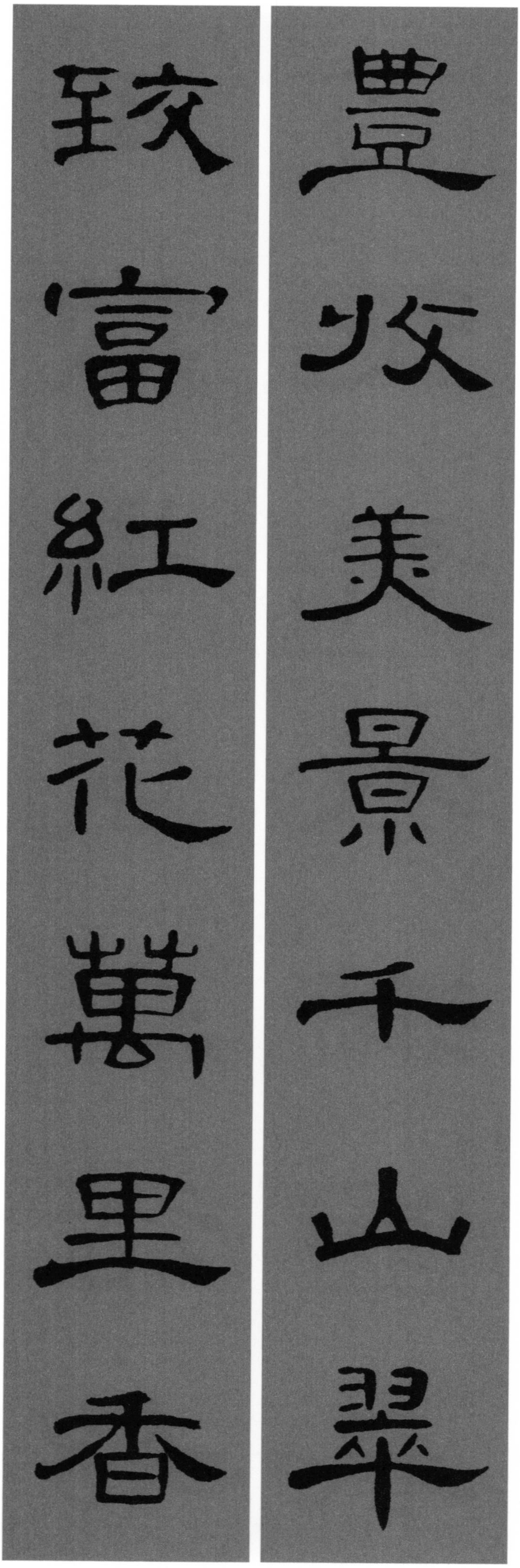

上联—丰收美景千山翠
下联—致富红花万里香

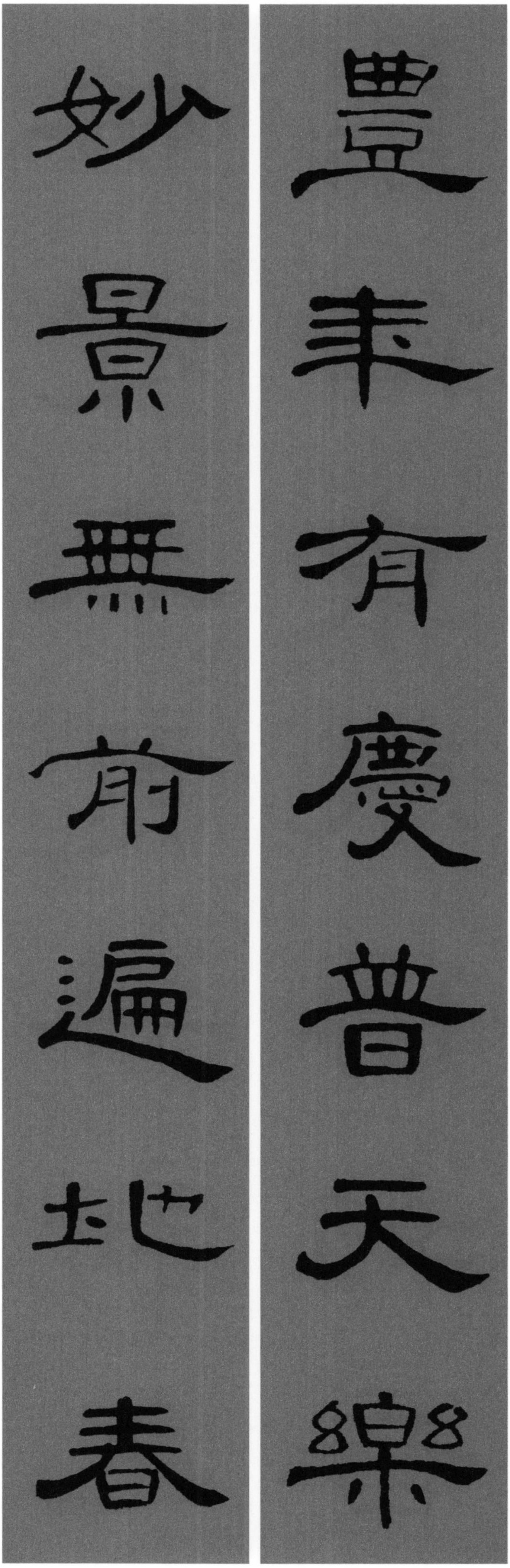

上联　丰年有庆普天乐
下联　妙景无前遍地春

上联—梅迎春意染新色
下联—鸟借东风传好音

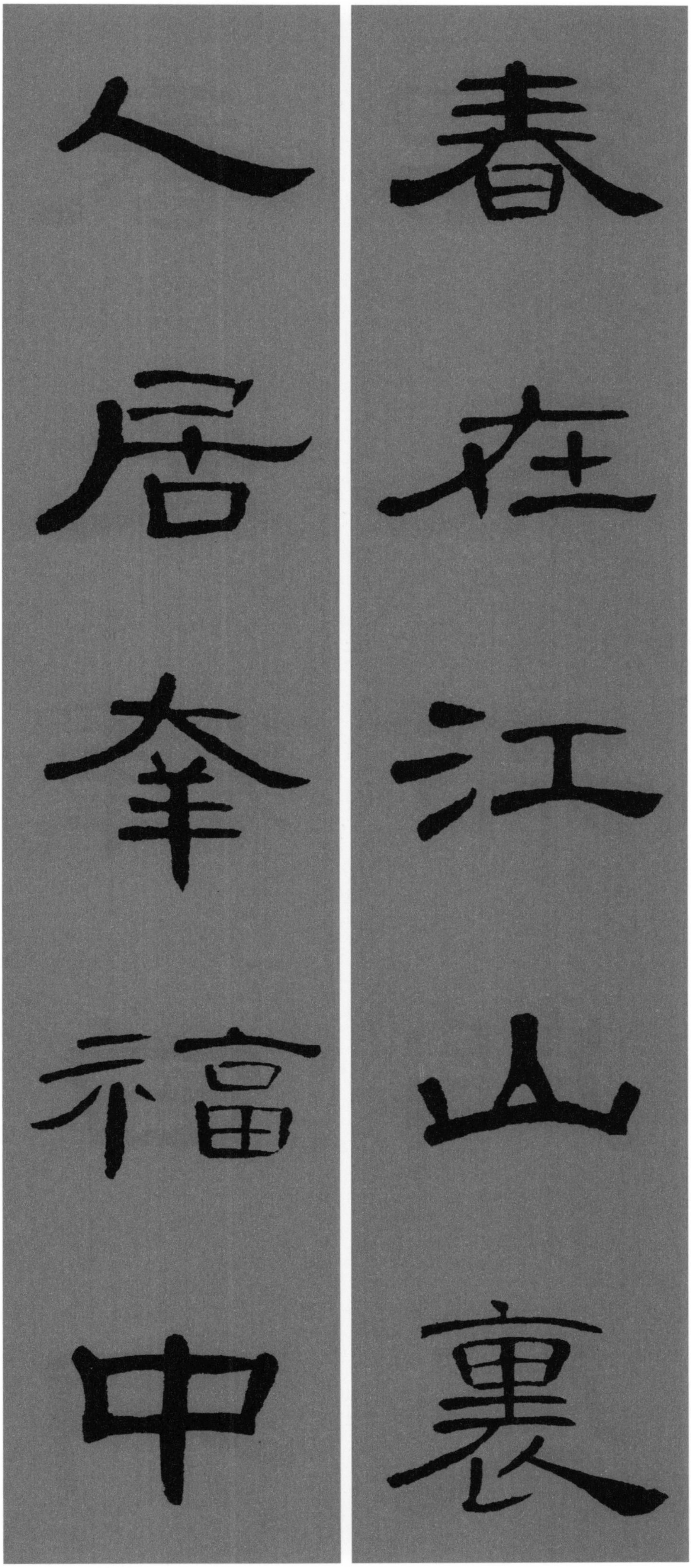

上联 春在江山里
下联 人居幸福中

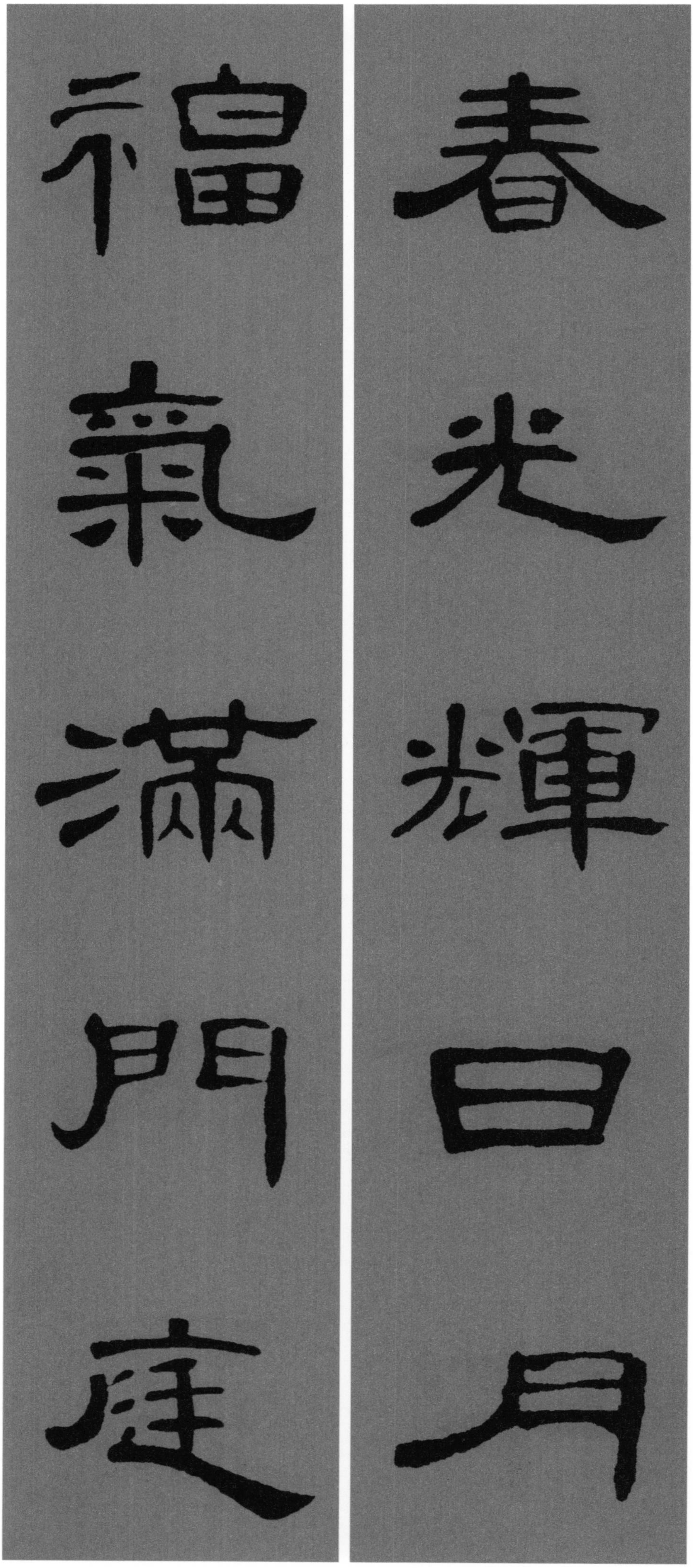

上联—春光辉日月
下联—福气满门庭

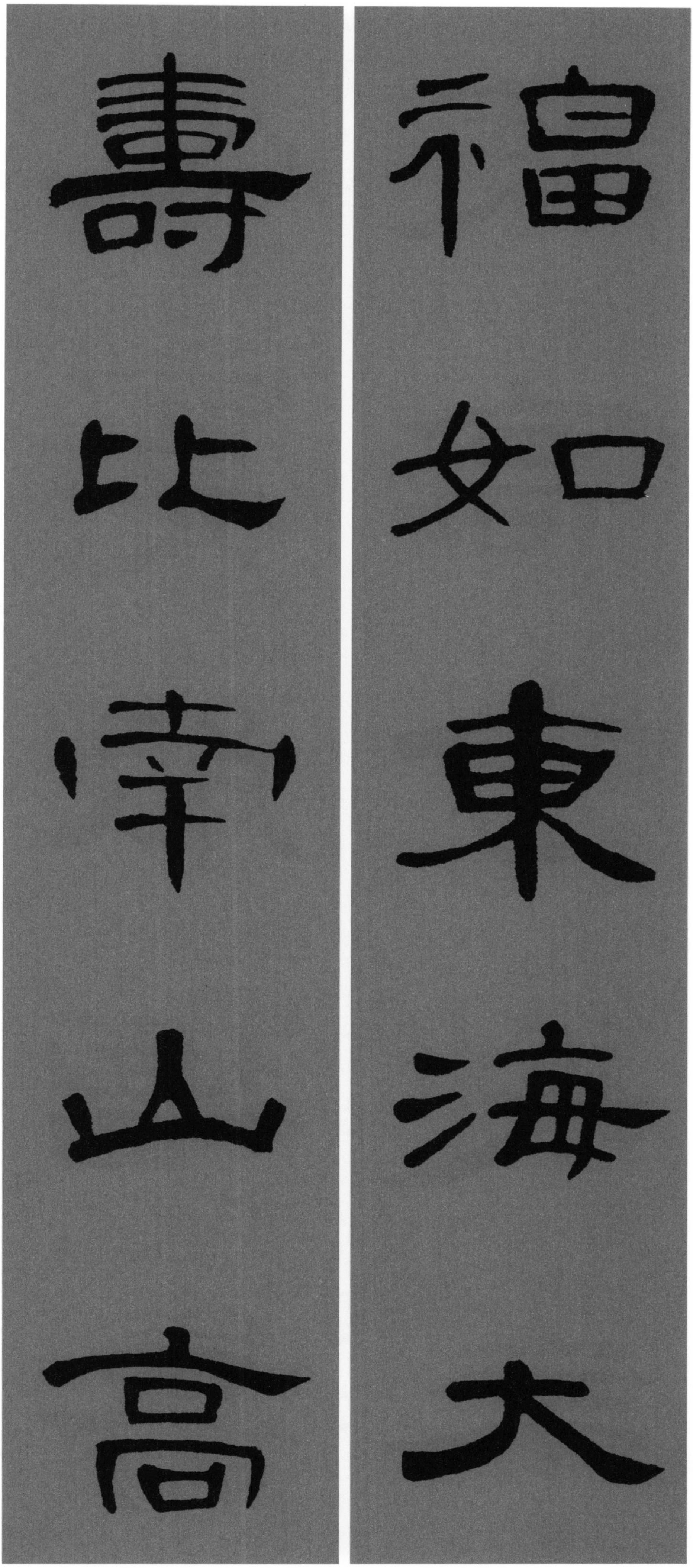

上联—福如东海大
下联—寿比南山高

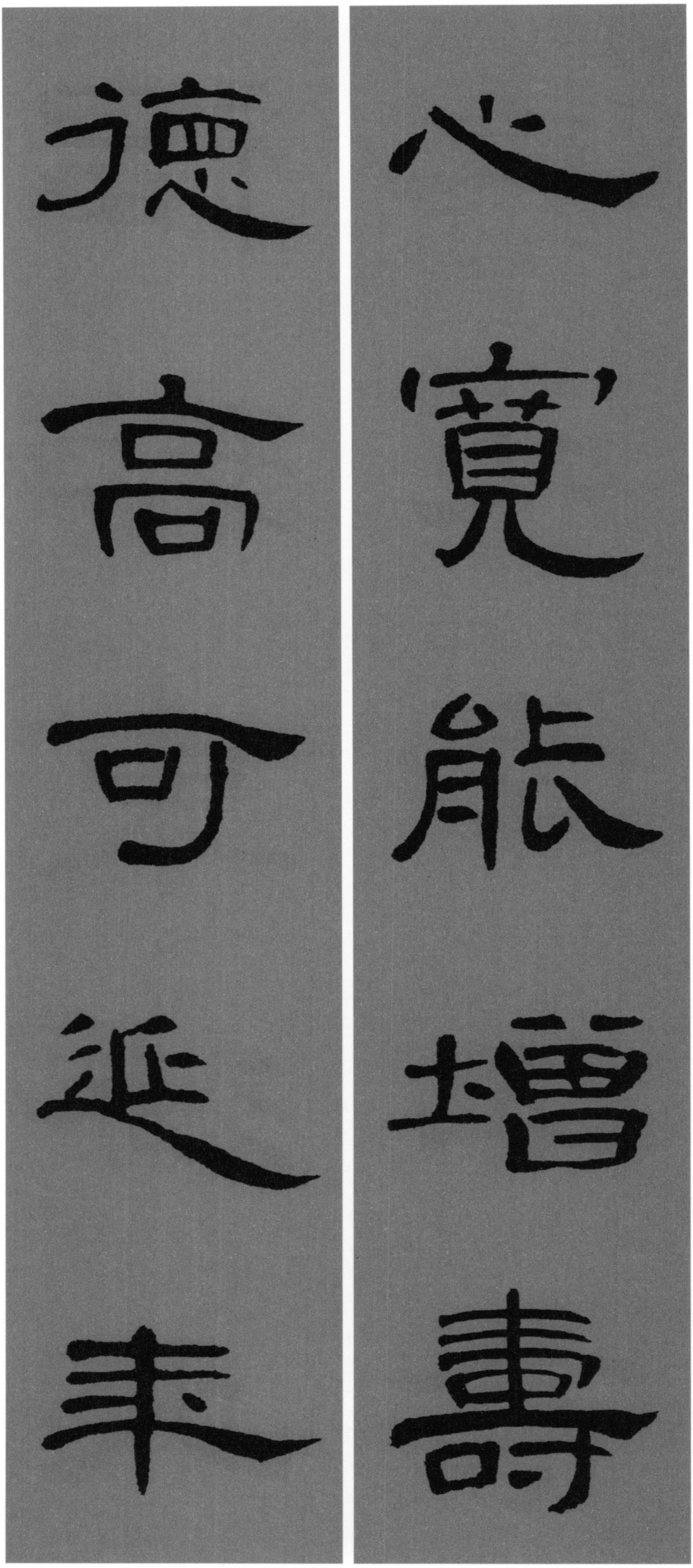

上联—心宽能增寿
下联—德高可延年

上联—年乐人增寿
下联—春新福满门

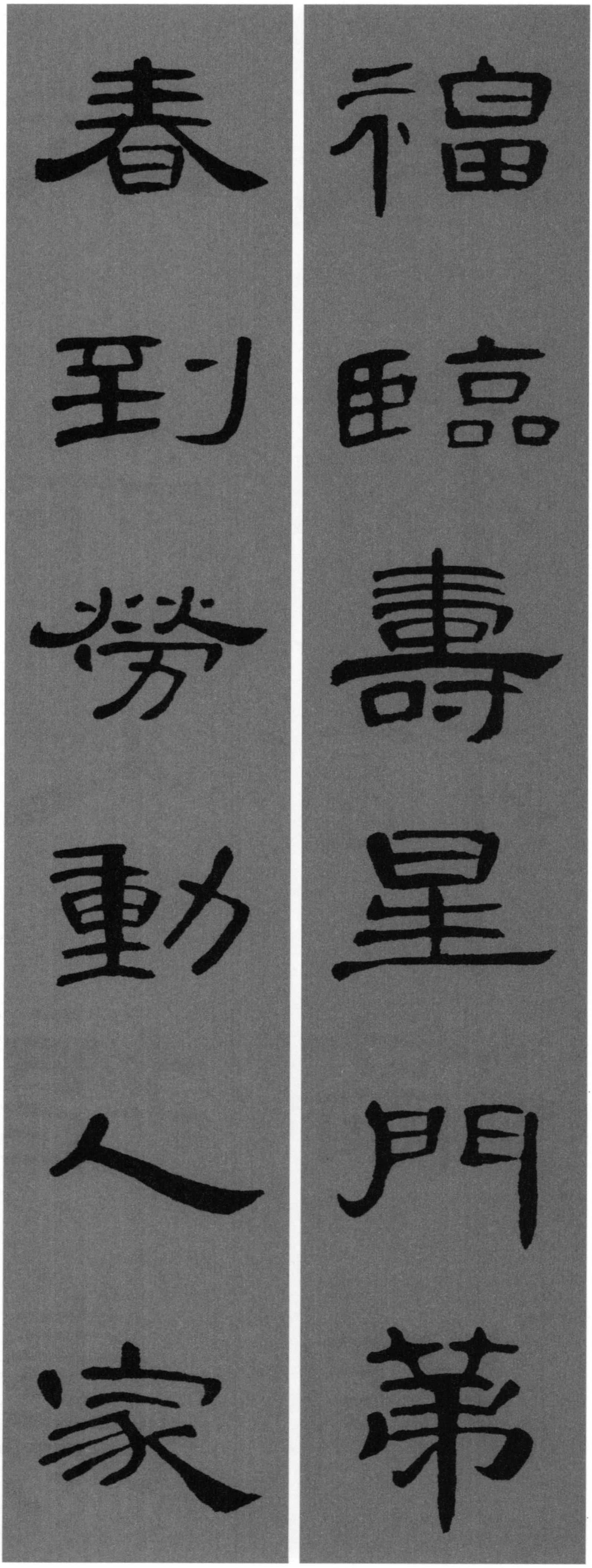

上联—福临寿星门第
下联—春到劳动人家

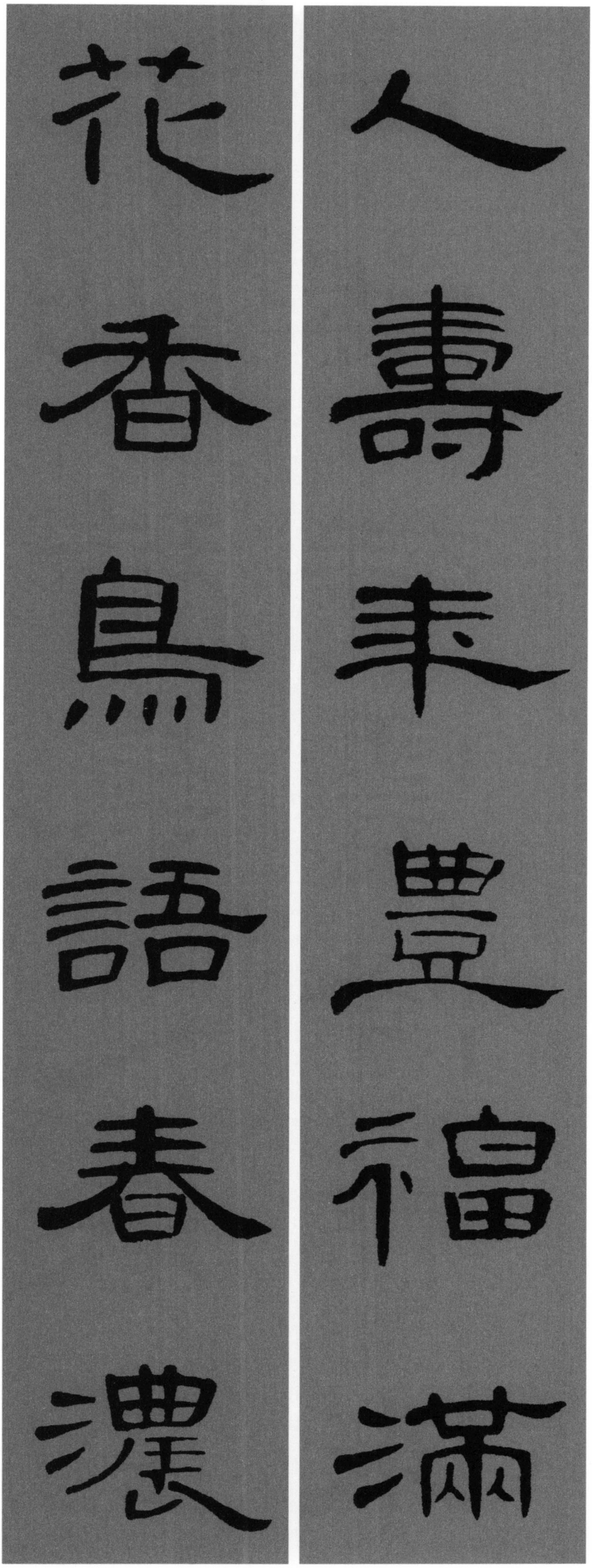

上联一人寿年丰福满

下联一花香鸟语春浓

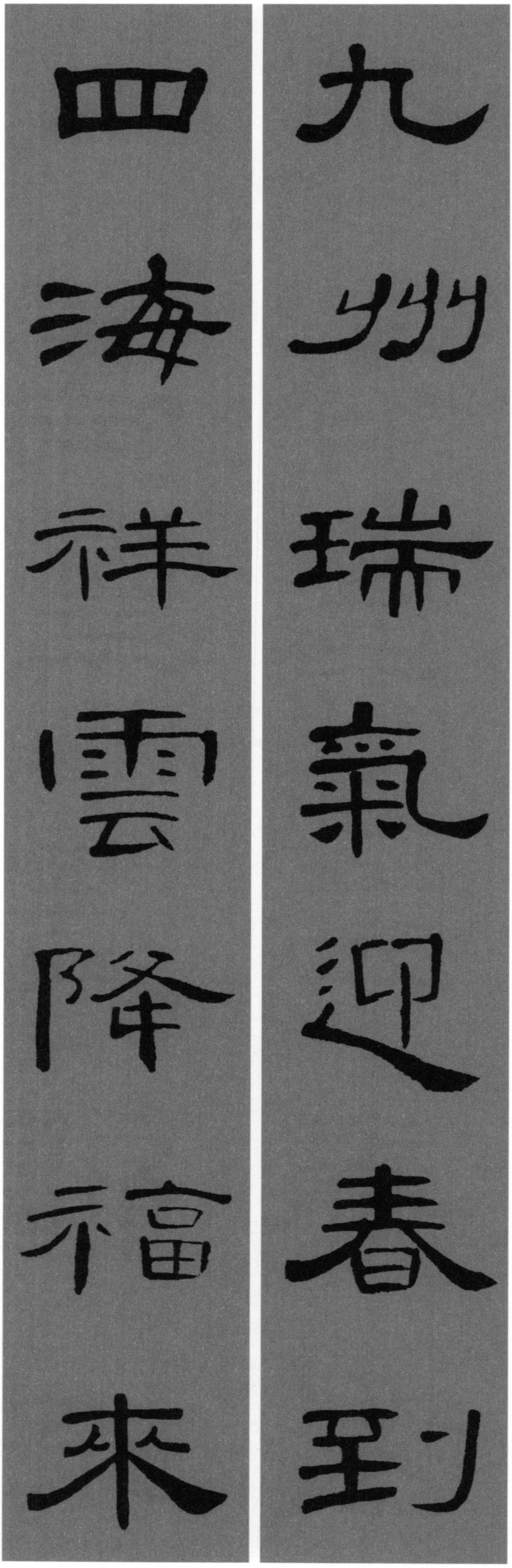
九州瑞氣迎春到
四海祥雲降福來

上联—九州瑞气迎春到
下联—四海祥云降福来

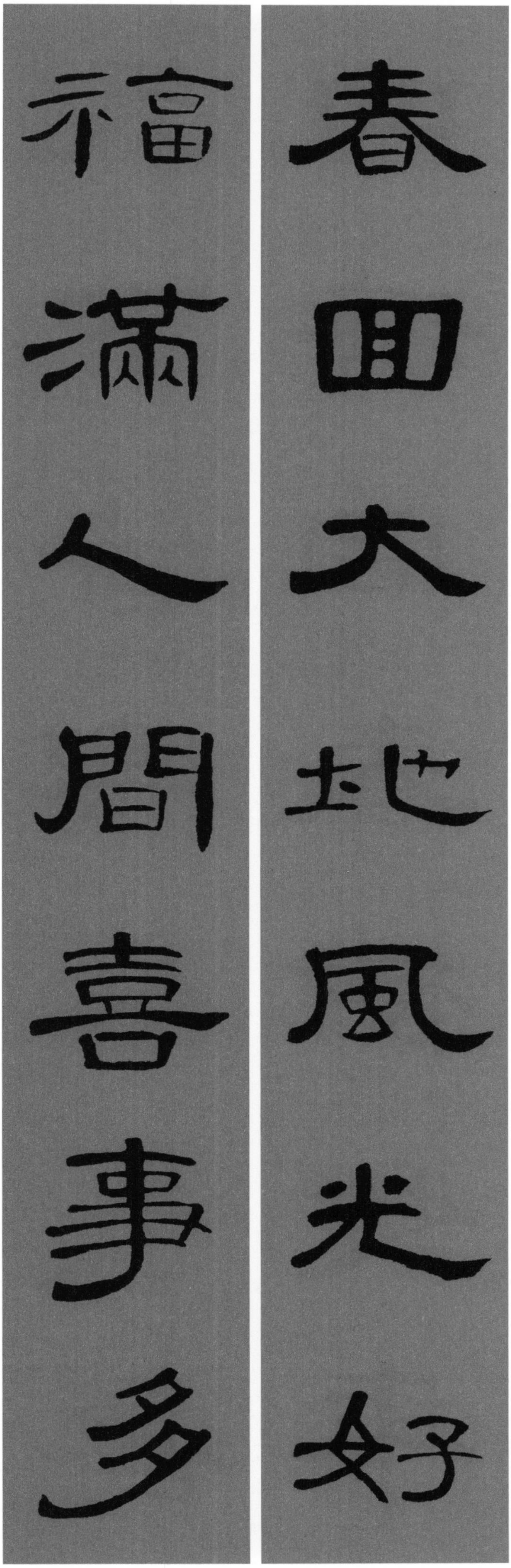

上联一春回大地风光好
下联一福满人间喜事多

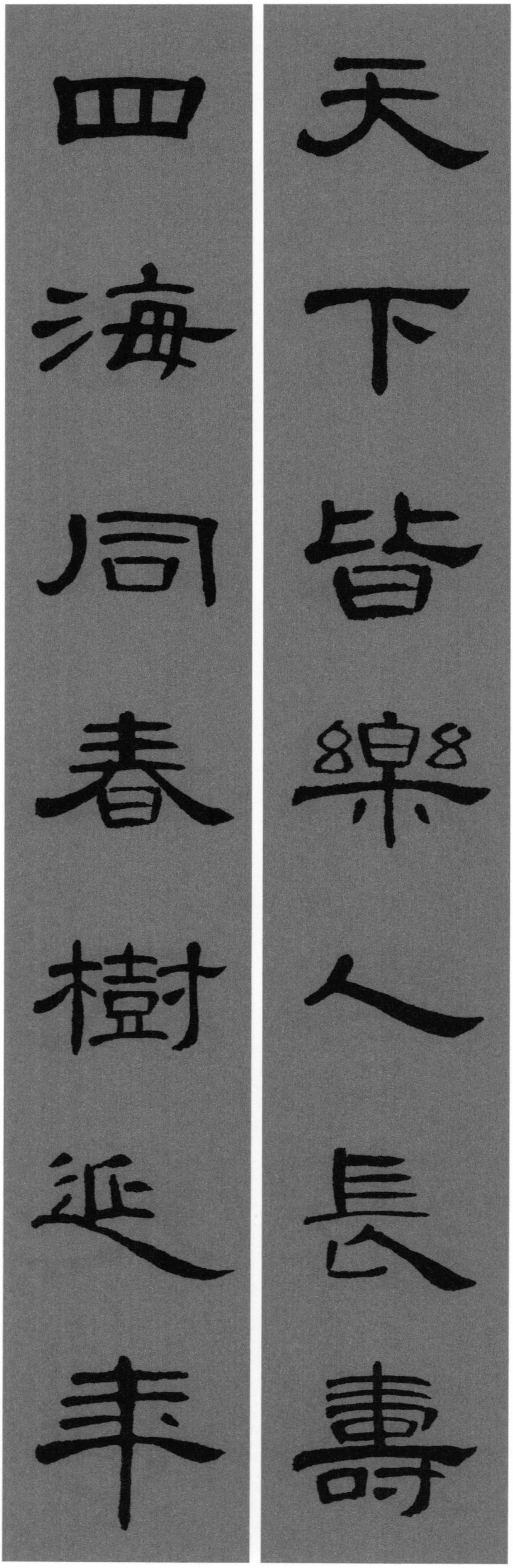
天下皆樂人長壽
四海同春樹延年

上联—天下皆乐人长寿
下联—四海同春树延年

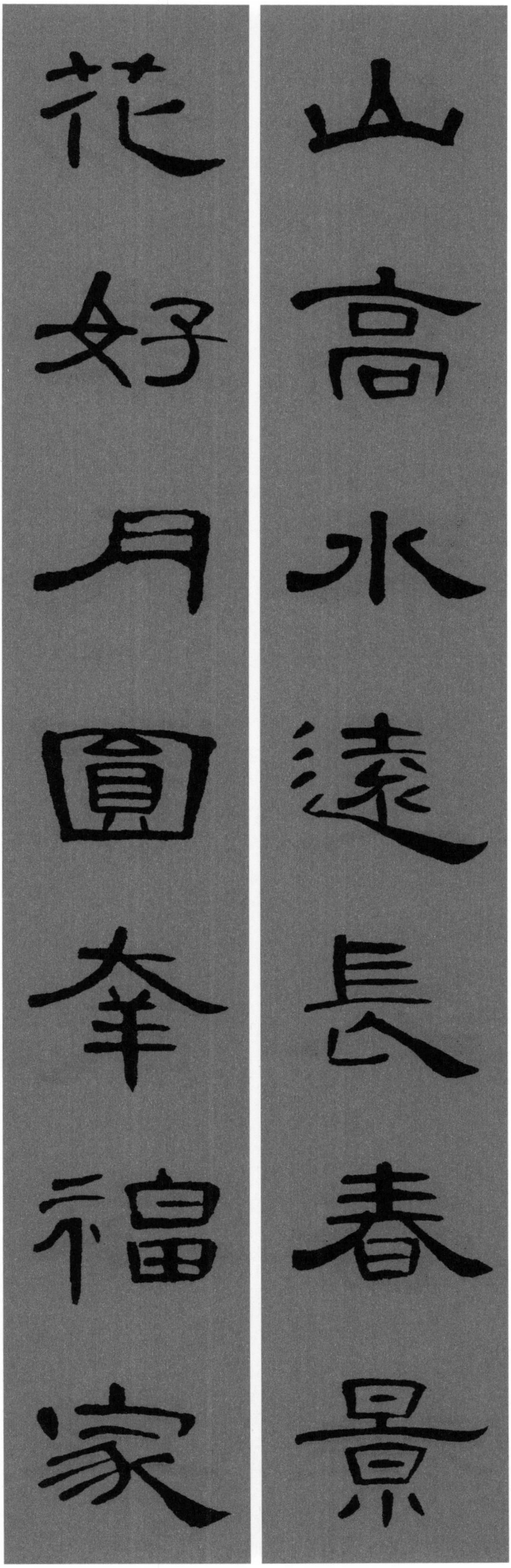

上联—山高水远长春景
下联—花好月圆幸福家

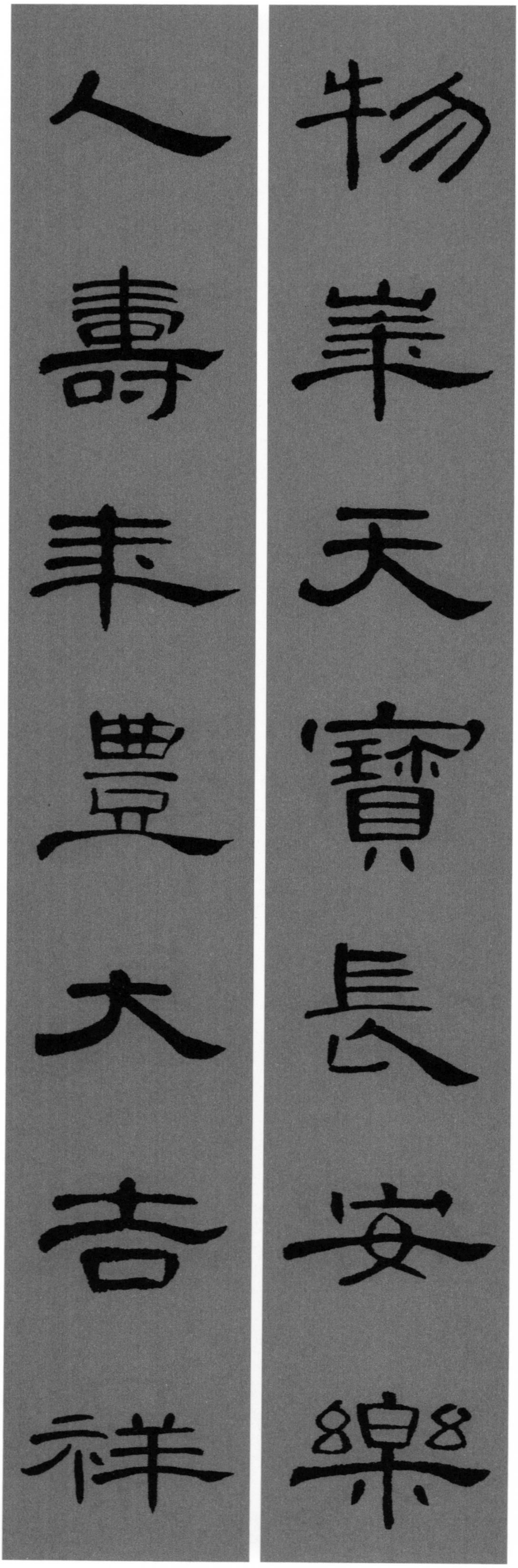
物華天寶長安樂
人壽年豐大吉祥

上联—物华天宝长安乐
下联—人寿年丰大吉祥

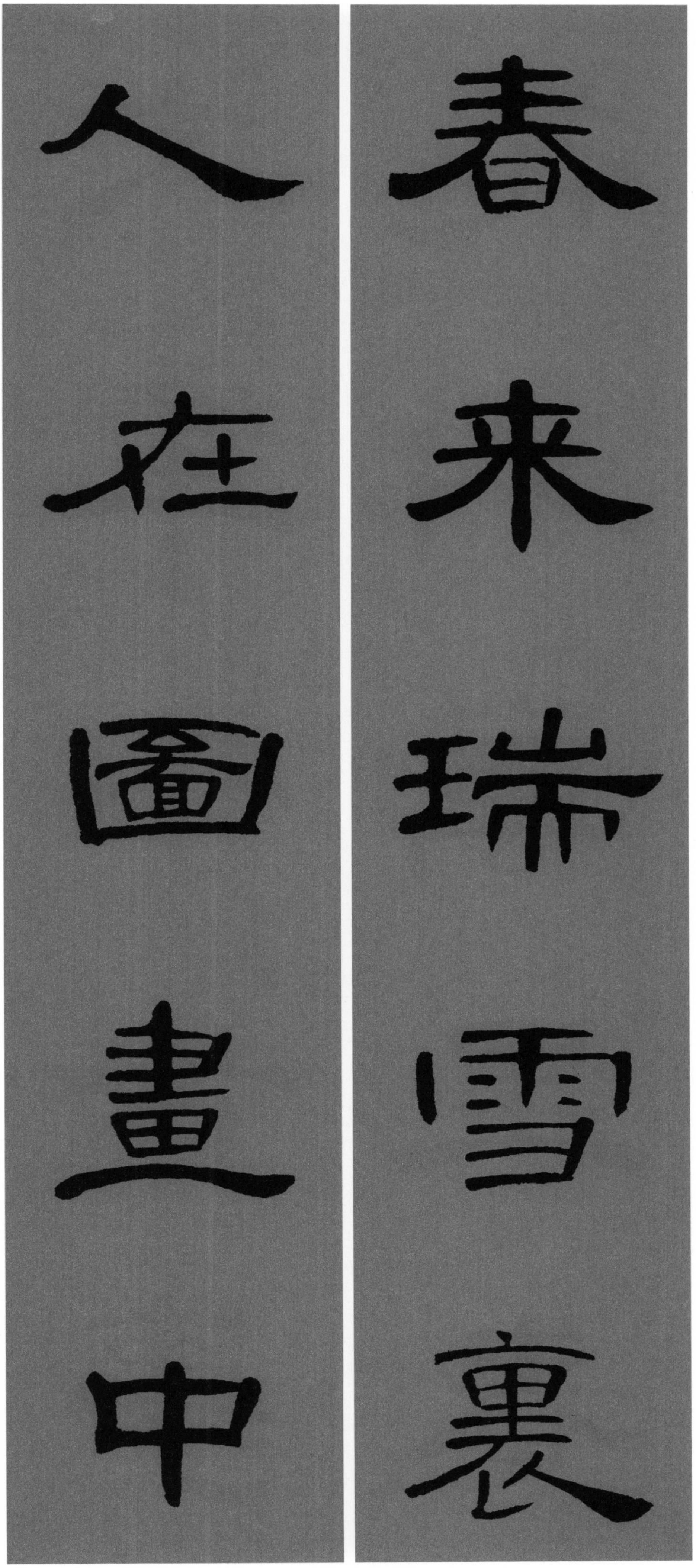

上联 — 春来瑞雪里
下联 — 人在图画中

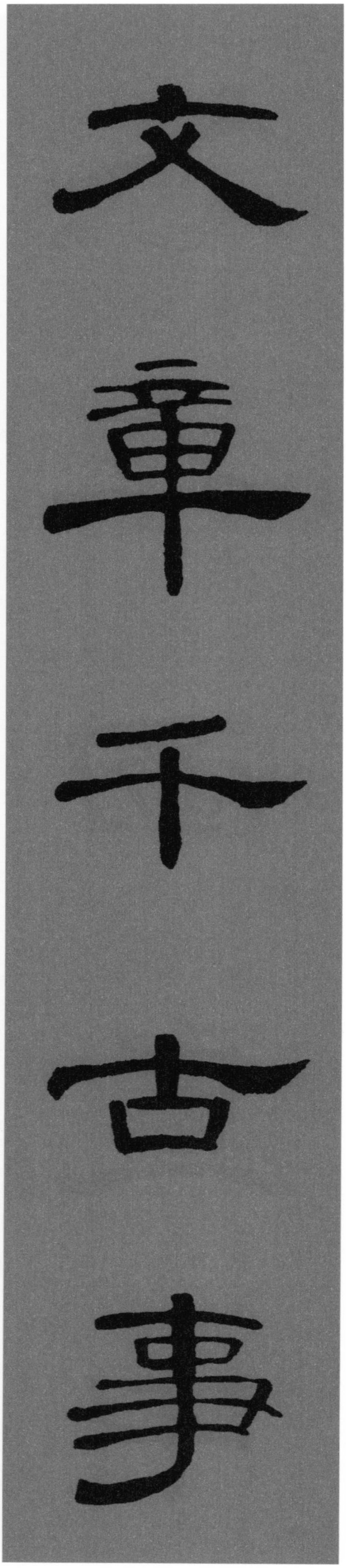

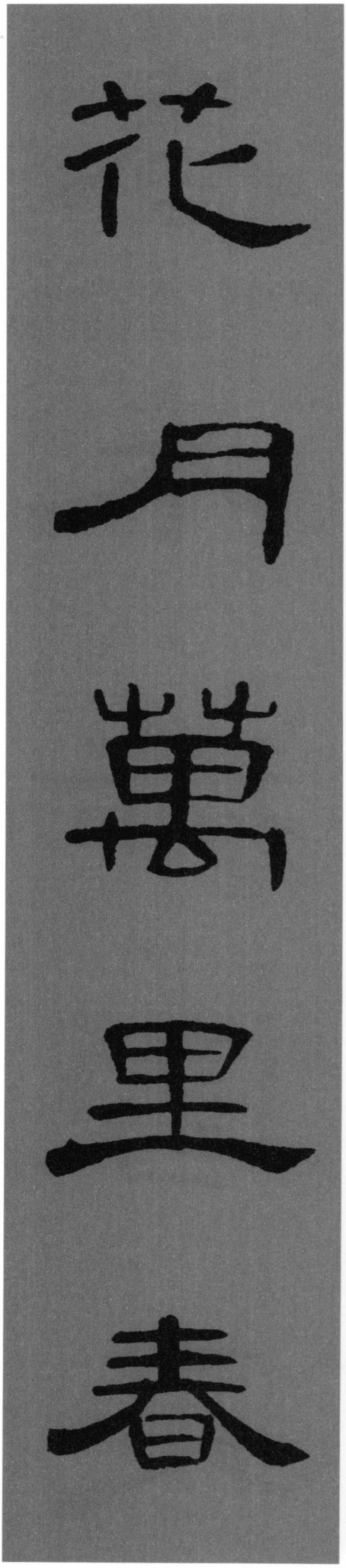

上联—文章千古事
下联—花月万里春

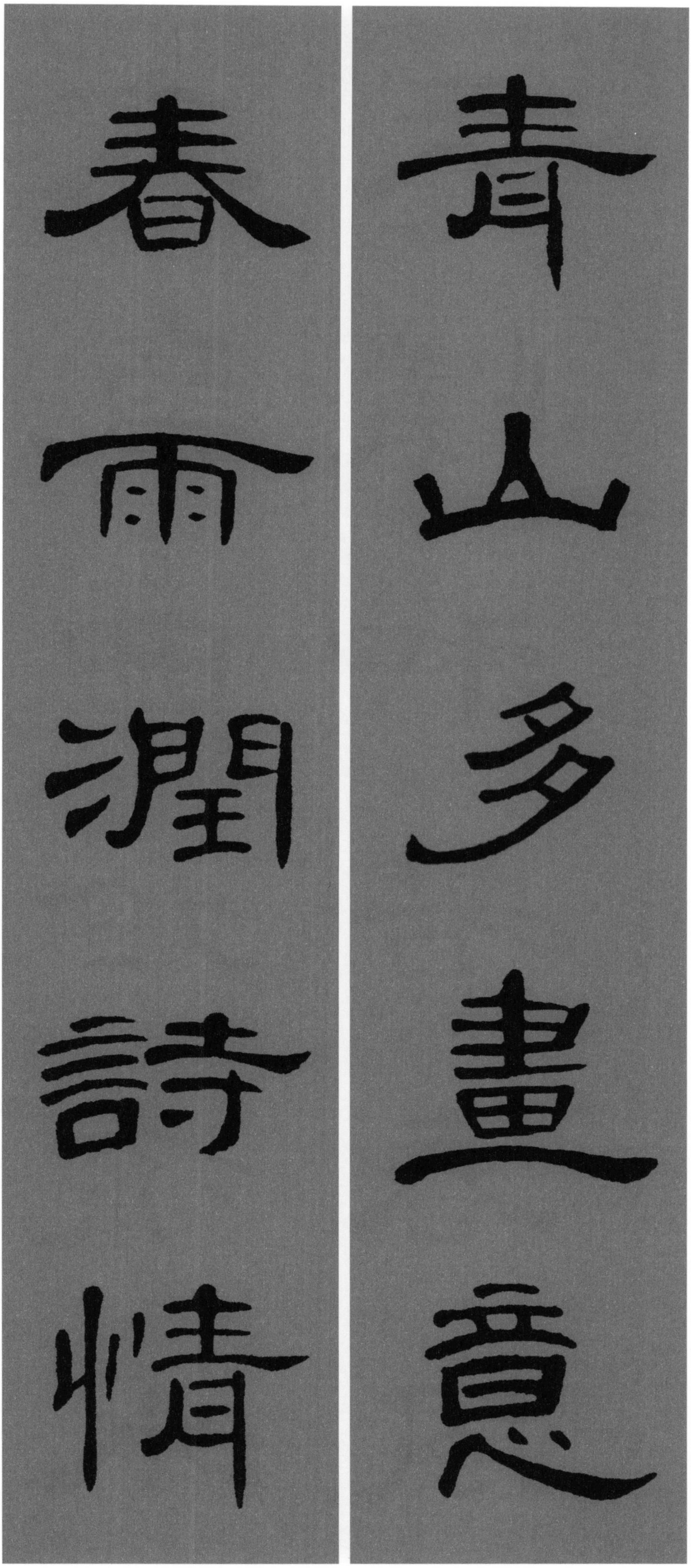

上联—青山多画意
下联—春雨润诗情

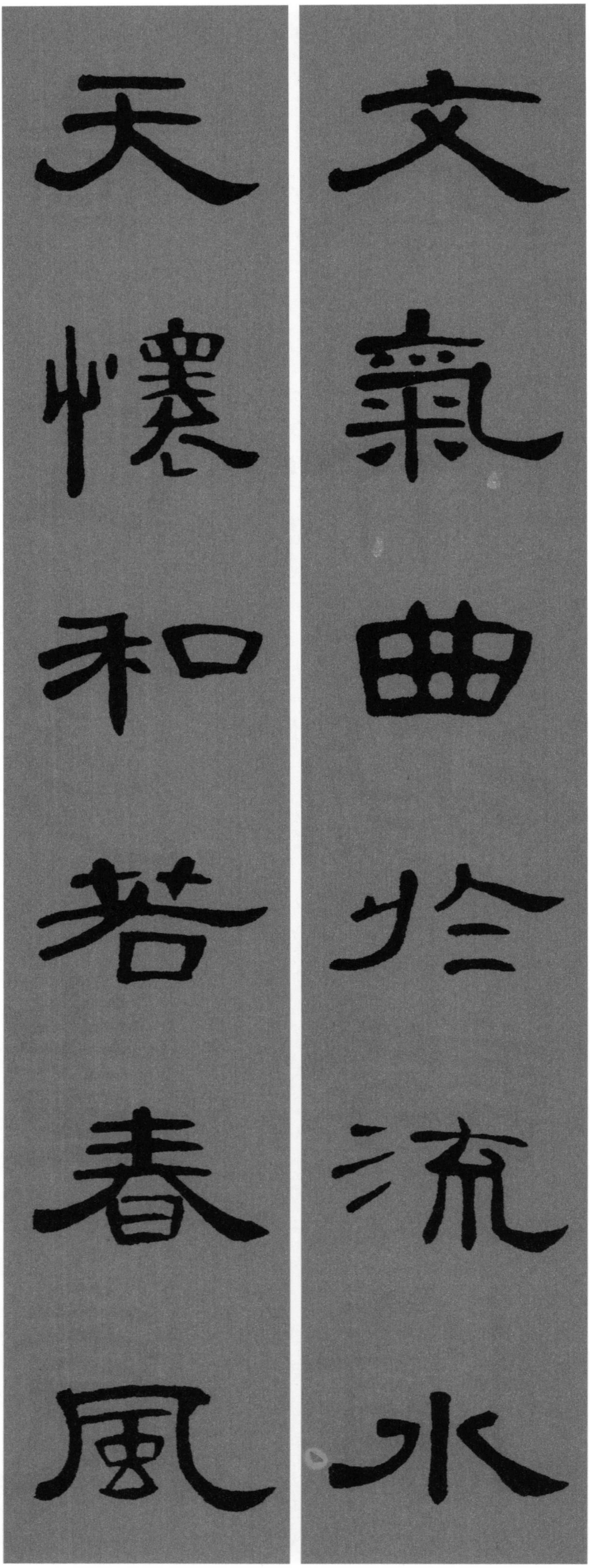

上联—文气曲于流水
下联—天怀和若春风

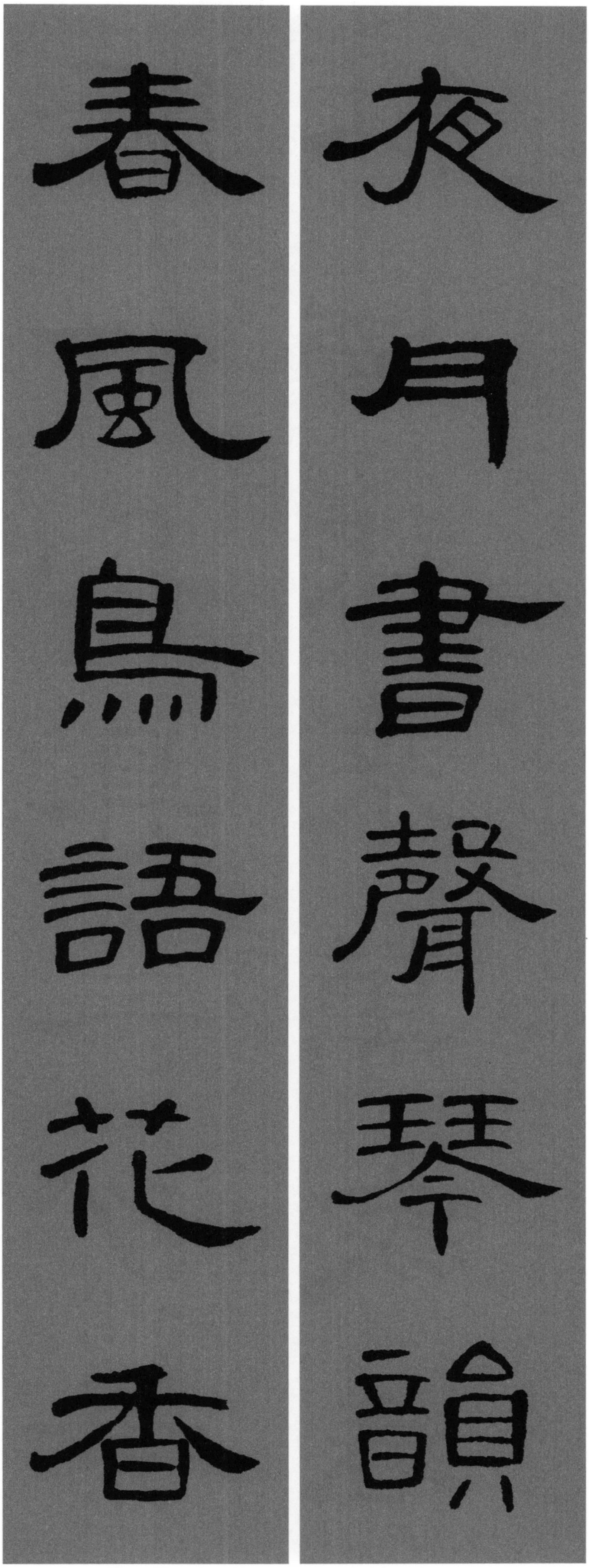
夜月書聲琴韻
春風鳥語花香

上联一夜月书声琴韵
下联一春风鸟语花香

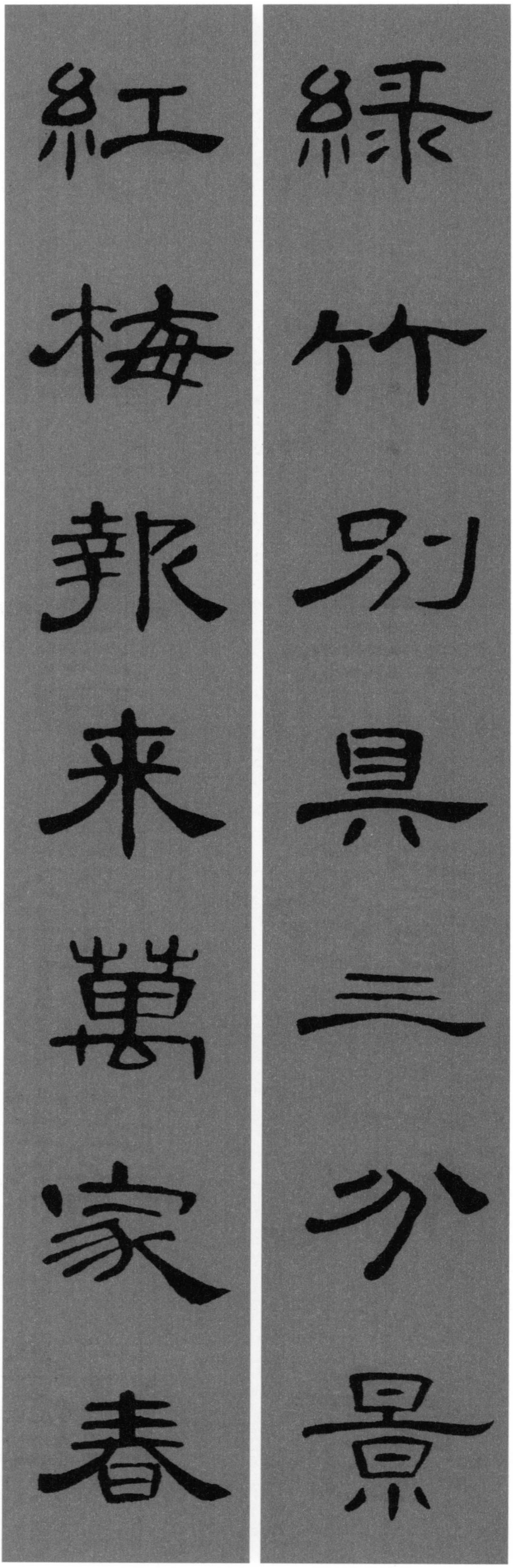

上联—绿竹别具三分景
下联—红梅报来万家春

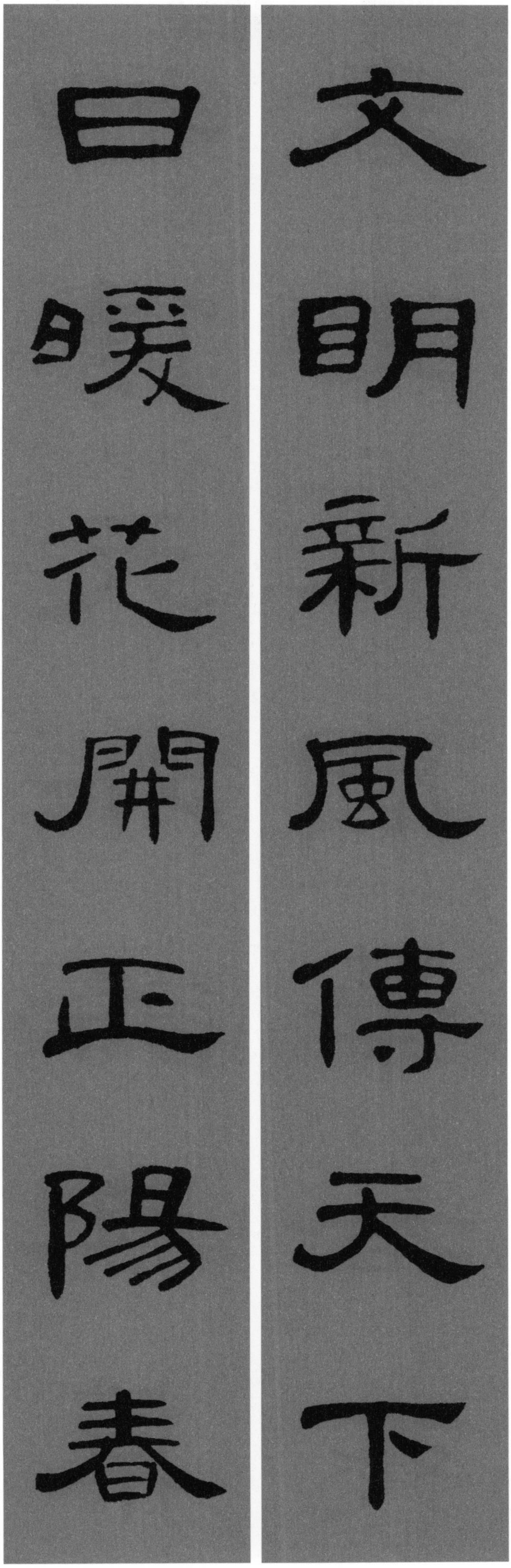
文明新風傳天下
日暖花開正陽春

上联—文明新风传天下
下联—日暖花开正阳春

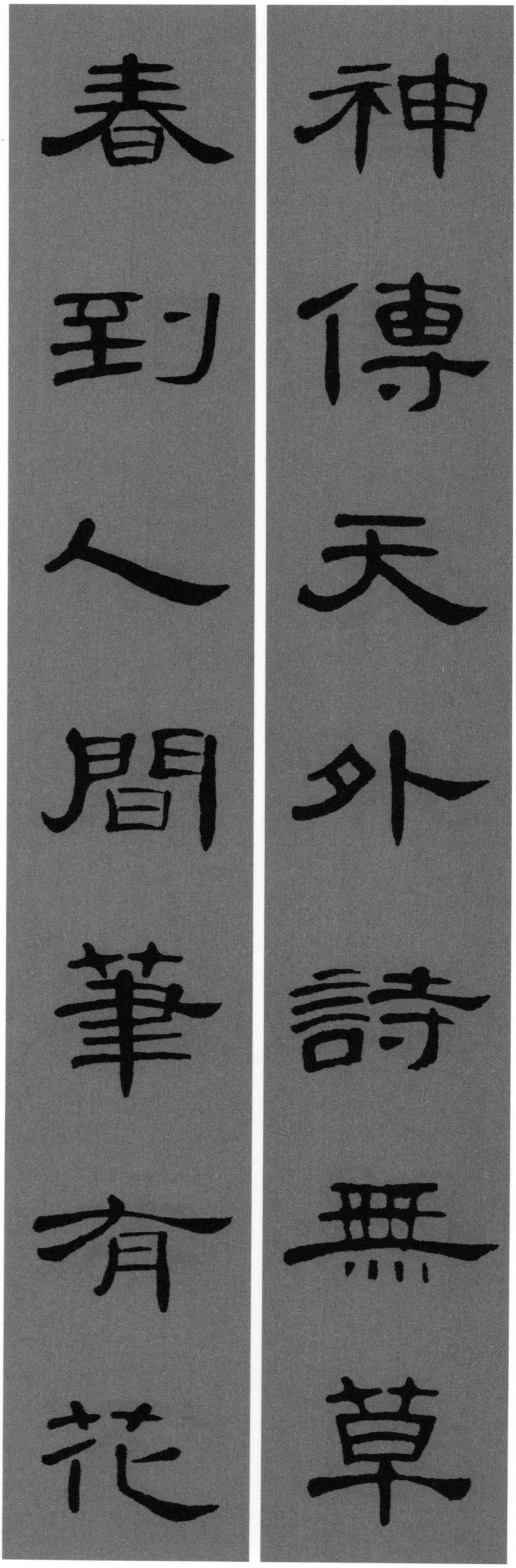
神傳天外詩無草
春到人間筆有花

上联—神传天外诗无草
下联—春到人间笔有花

上联—松竹梅岁寒三友
下联—桃李杏春风一家

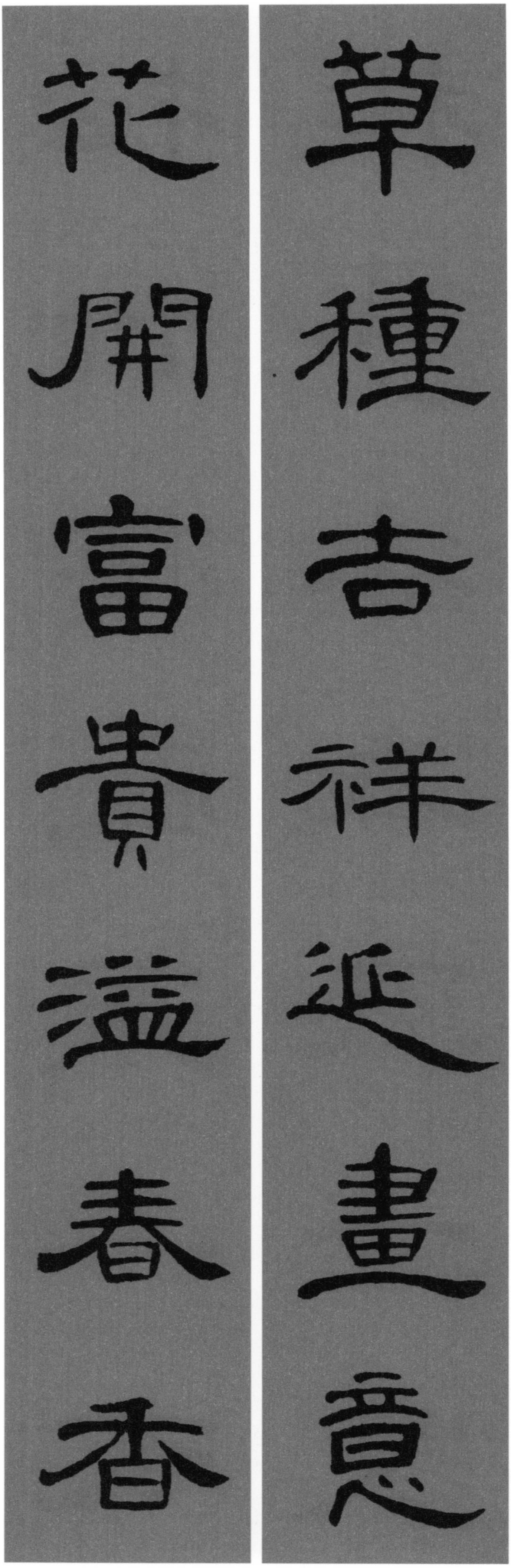

上联—草种吉祥延画意
下联—花开富贵溢春香

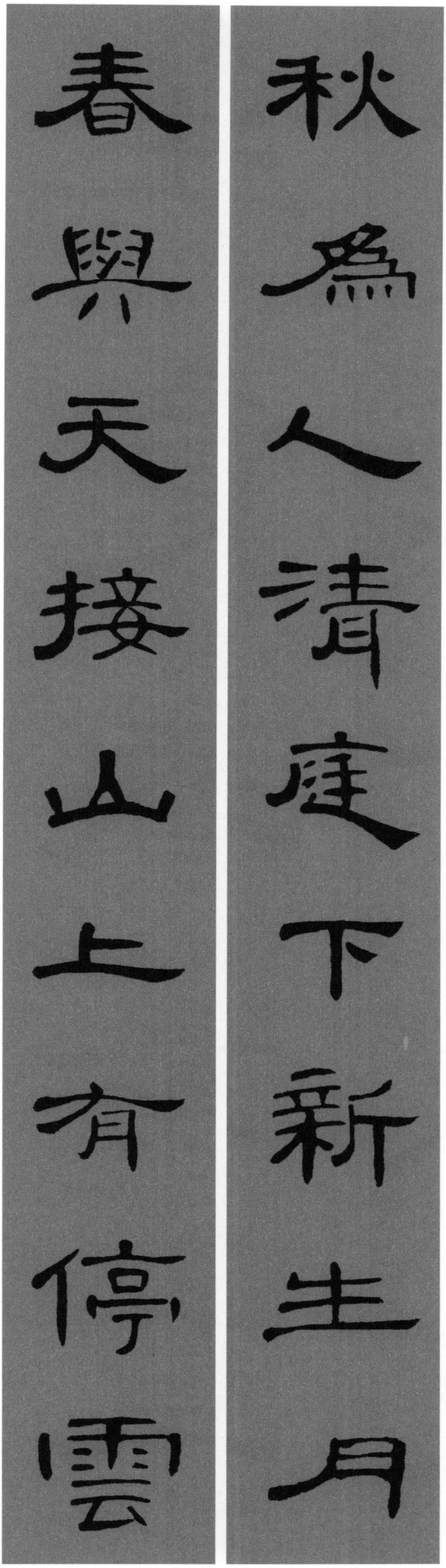

上联—秋为人清庭下新生月
下联—春与天接山上有停云

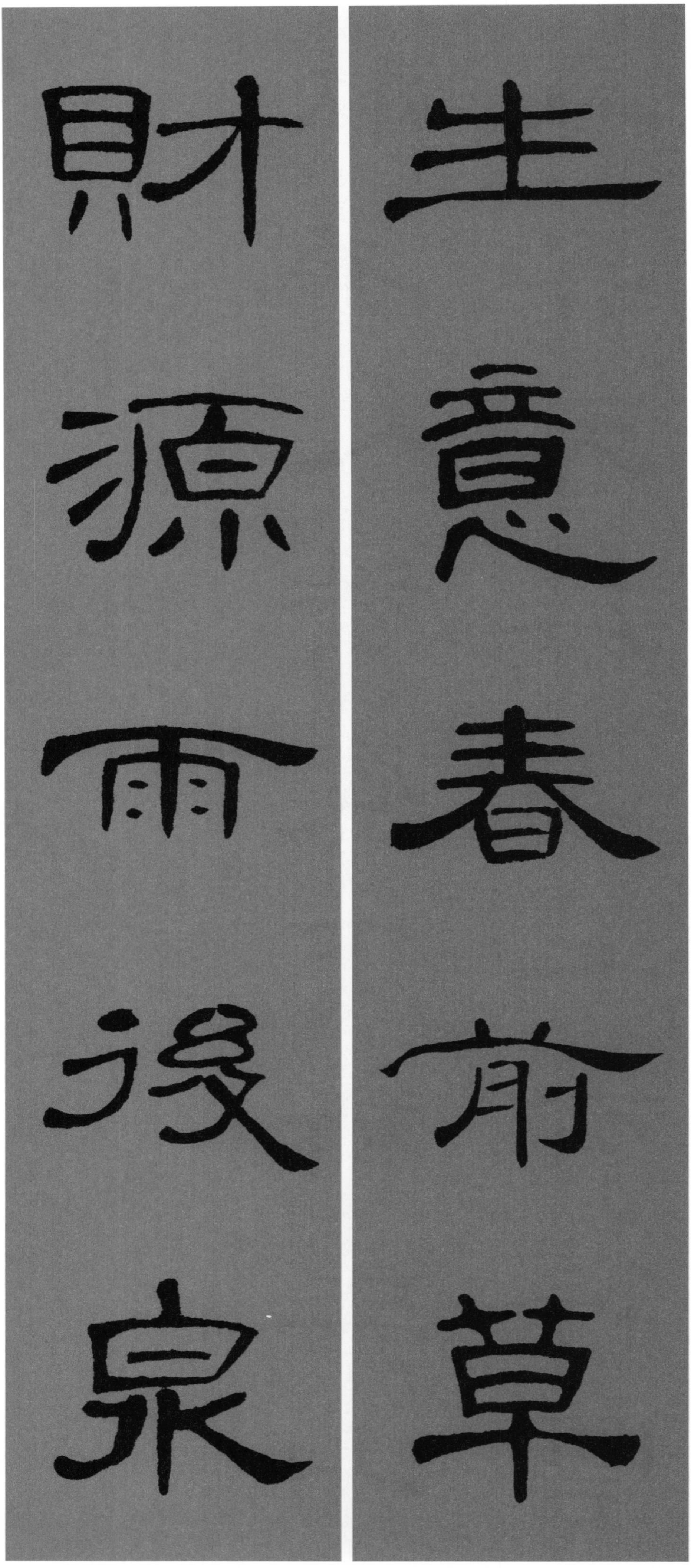

上联—生意春前草
下联—财源雨后泉

上联—春风通利路
下联—和气贯财源

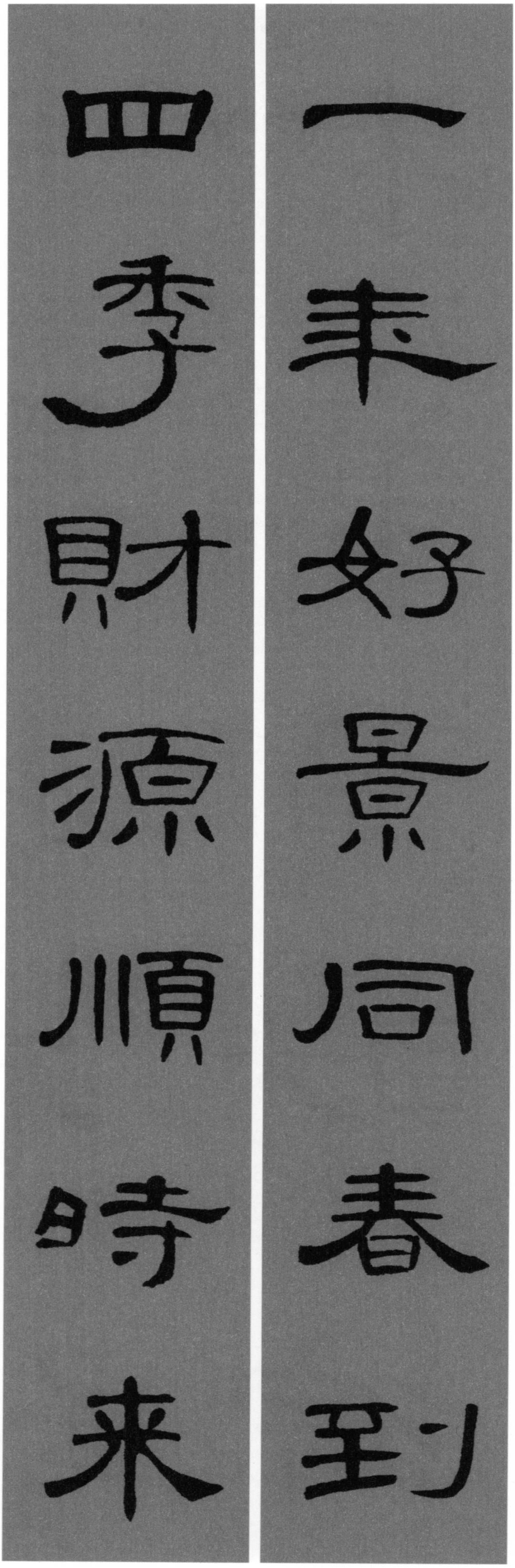
一年好景同春到
四季财源顺时来

上联—一年好景同春到
下联—四季财源顺时来

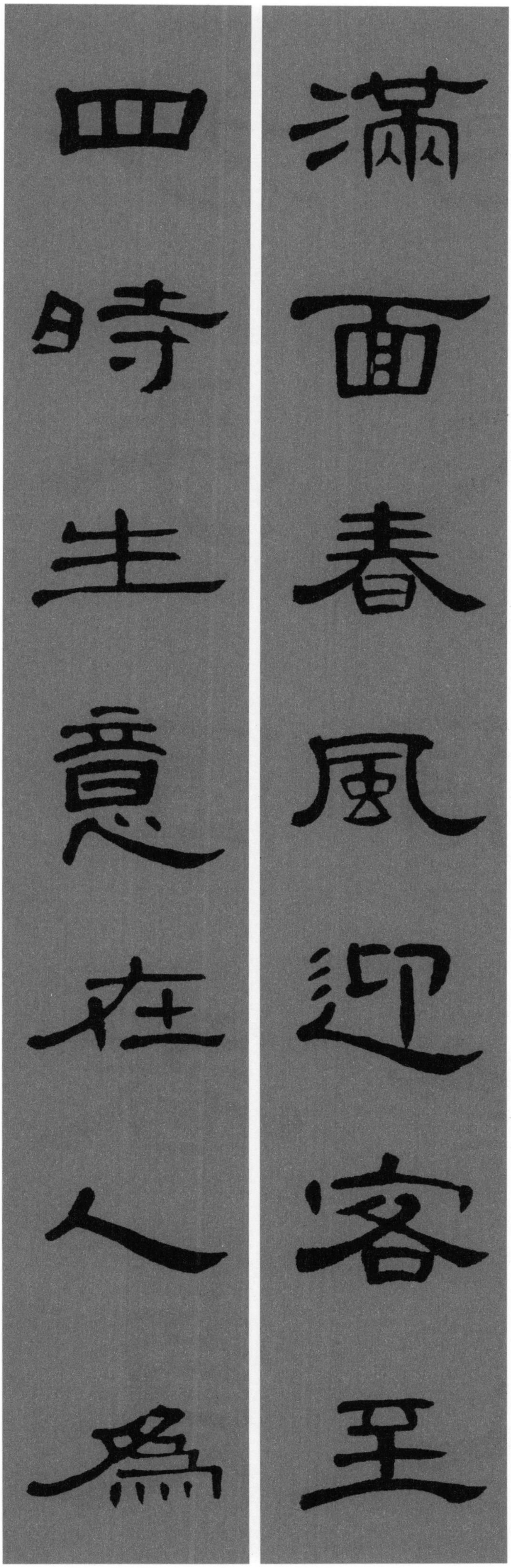

上联一满面春风迎客至
下联一四时生意在人为

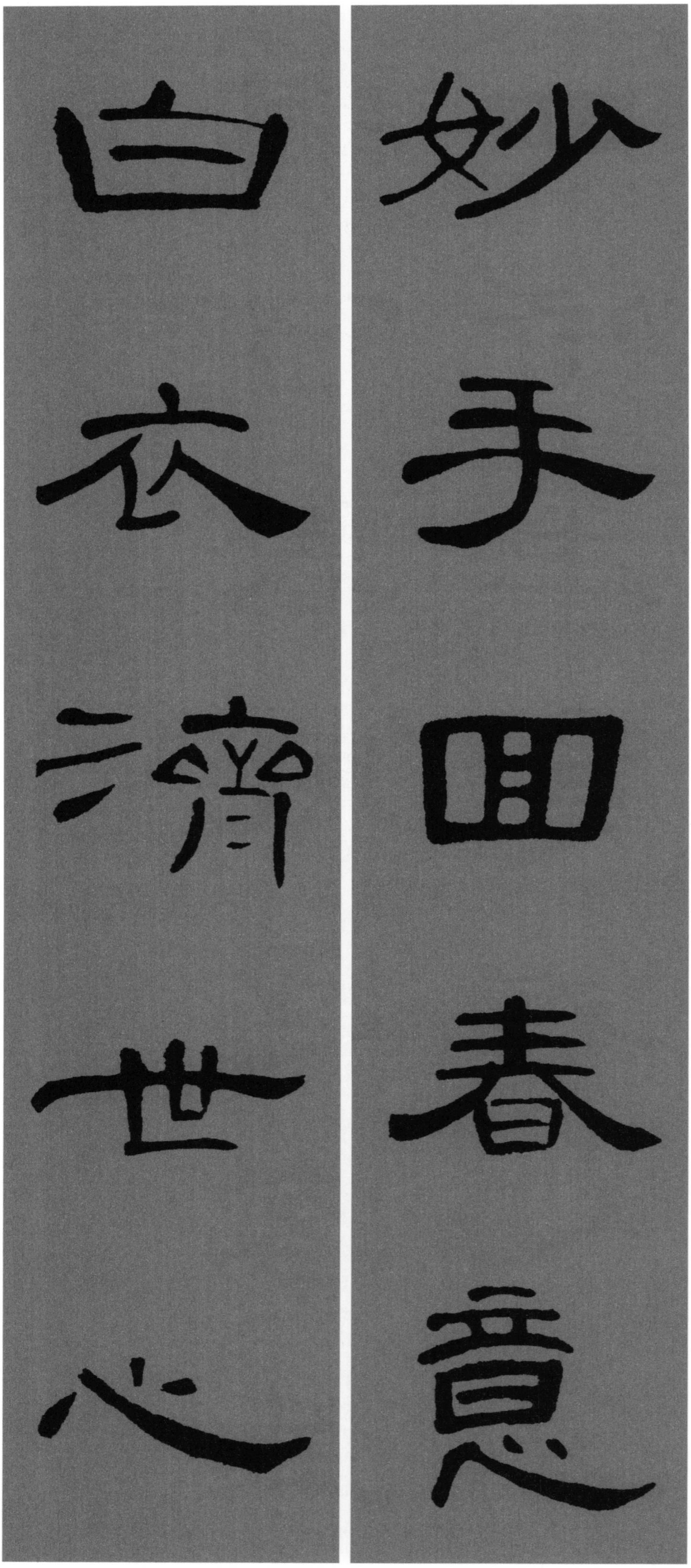

上联—妙手回春意
下联—白衣济世心

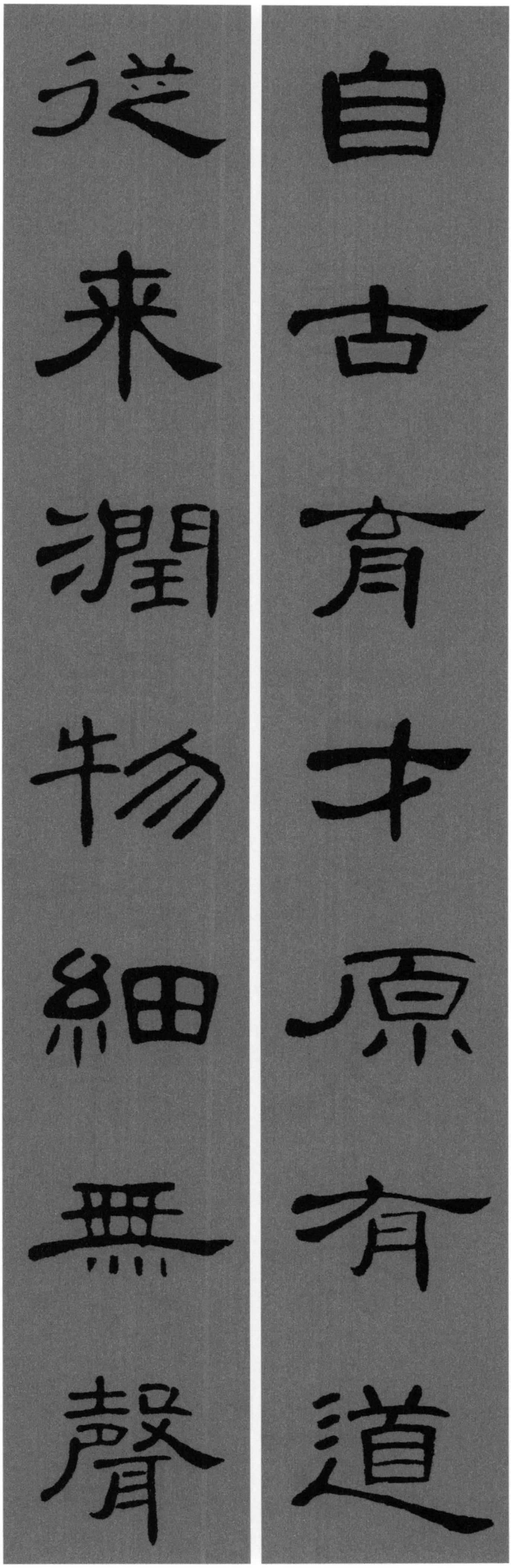

上联—自古育才原有道
下联—从来润物细无声

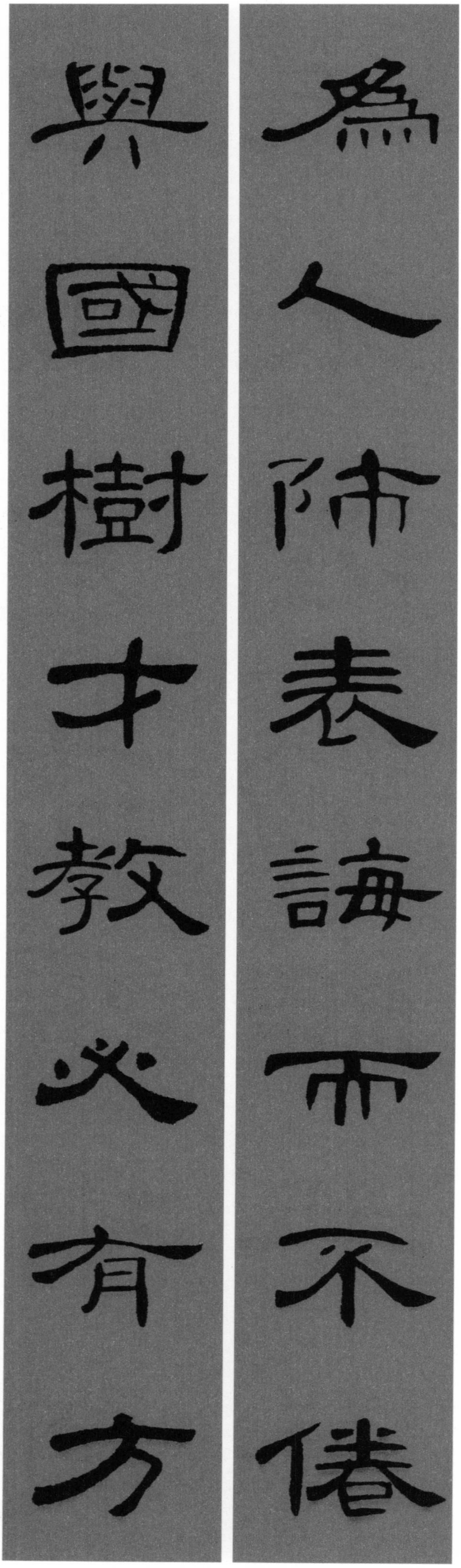

上联—为人师表诲而不倦
下联—与国树才教必有方

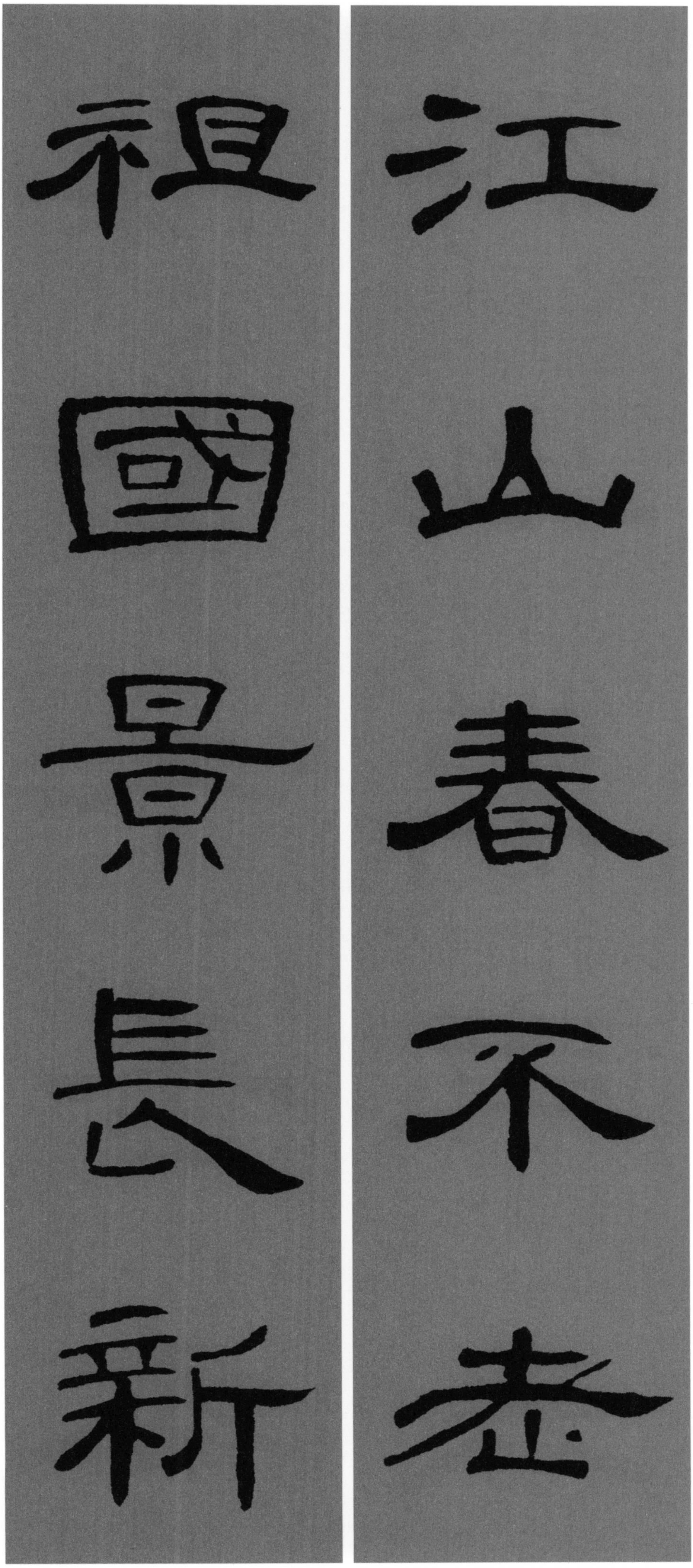

上联—江山春不老
下联—祖国景长新

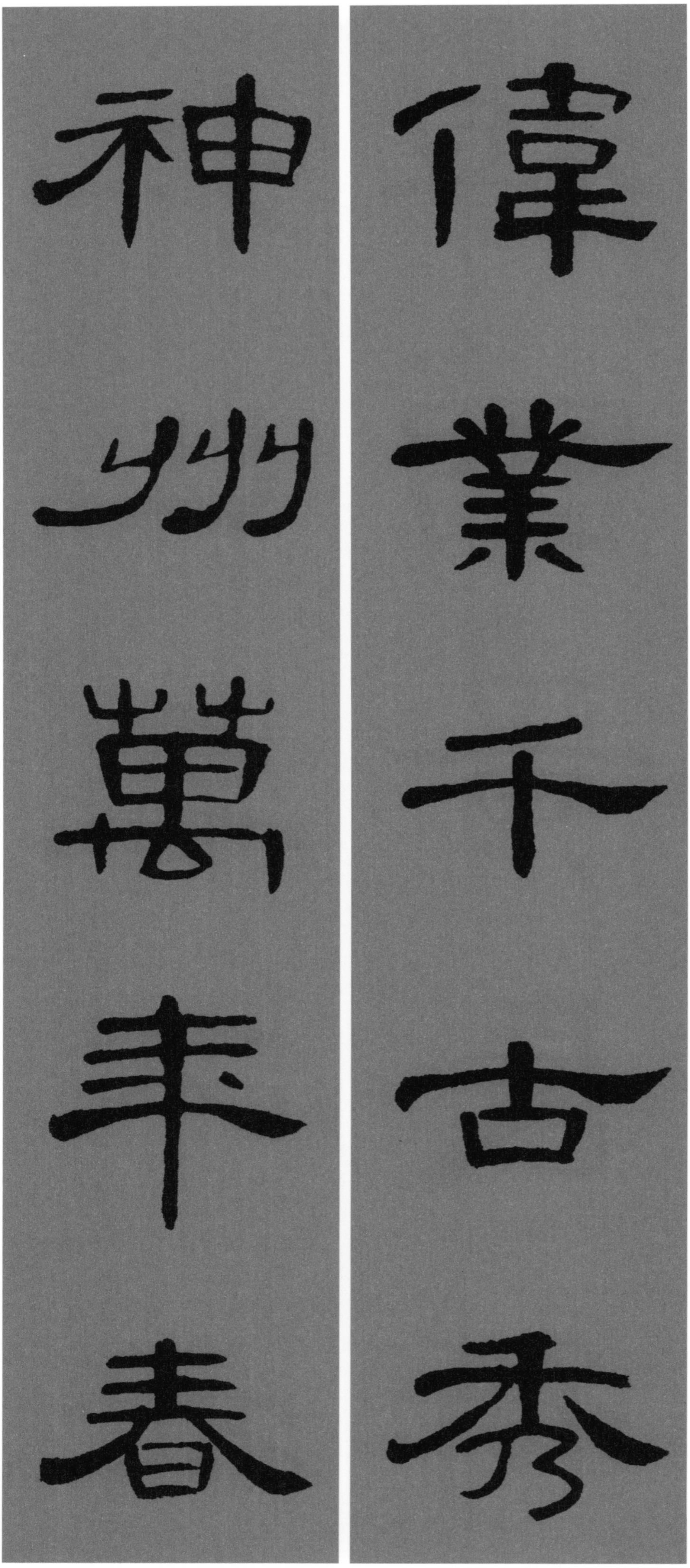

上联｜伟业千古秀
下联｜神州万年春

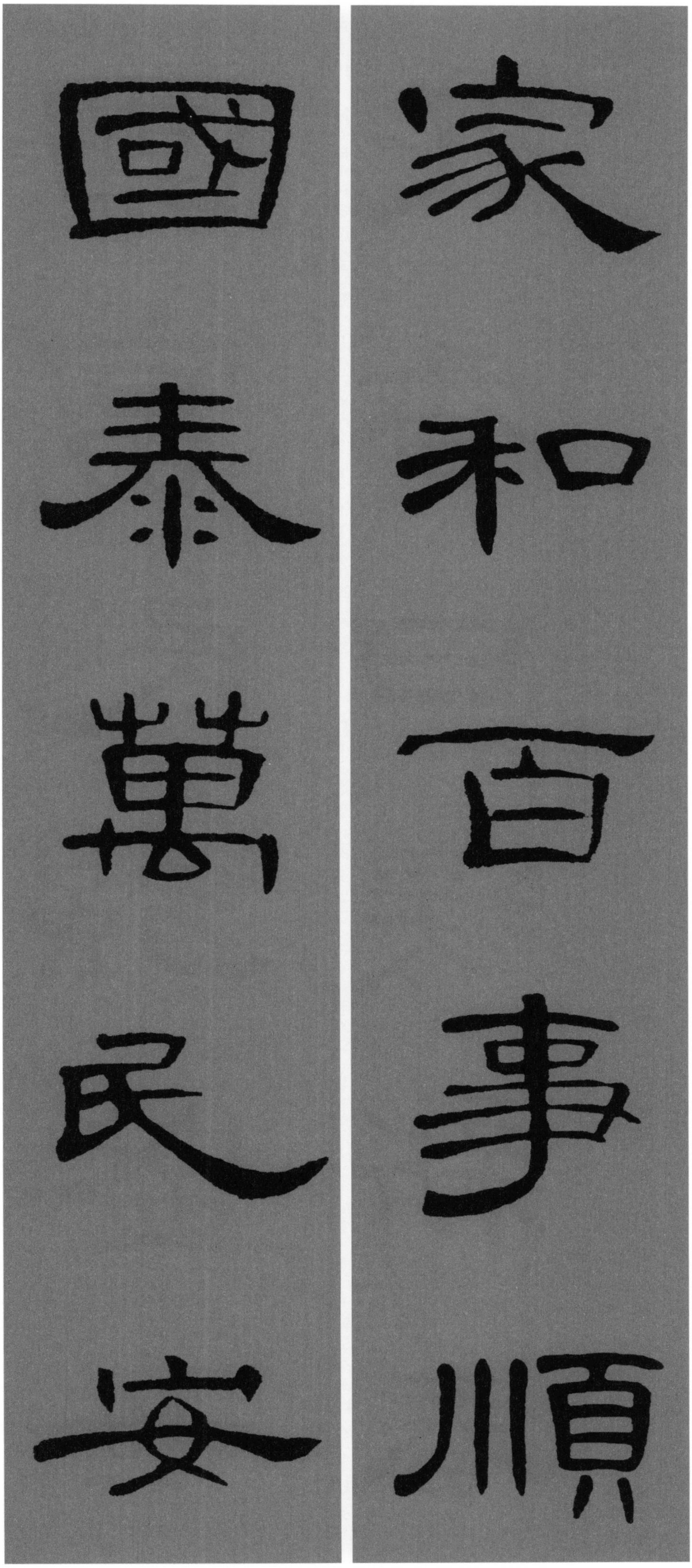

上联—家和百事顺
下联—国泰万民安

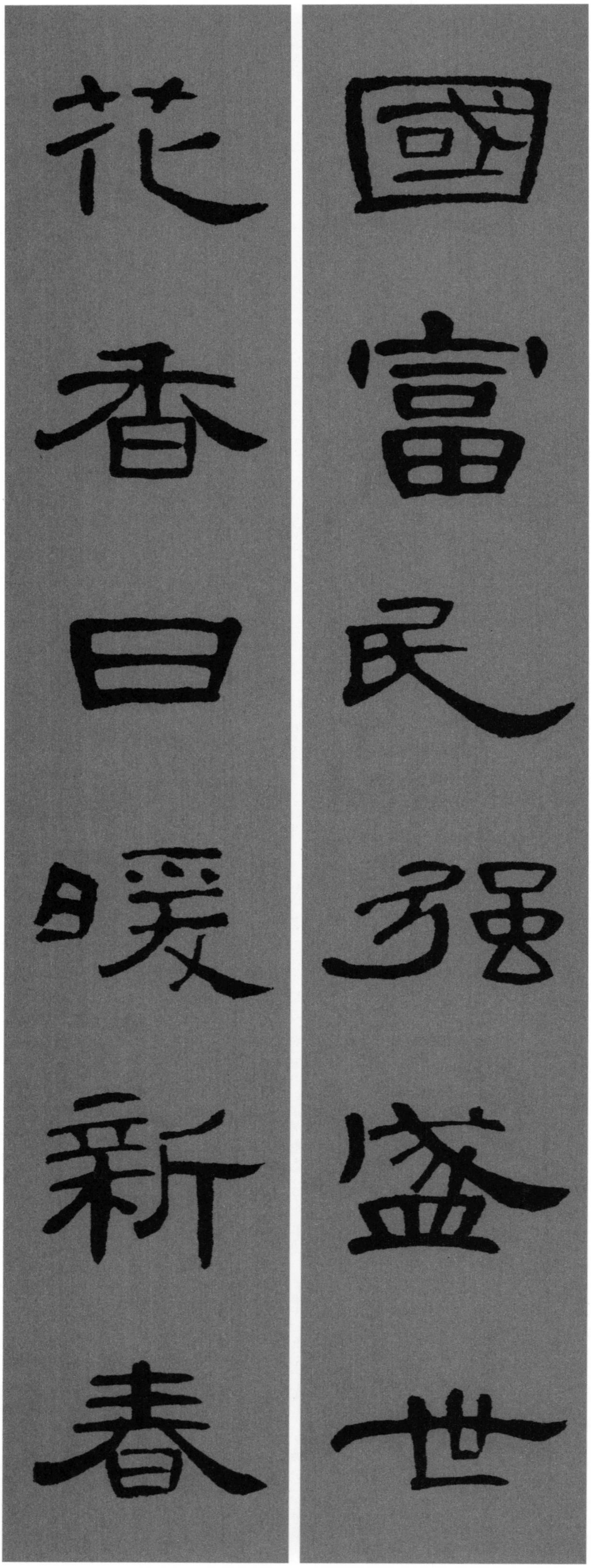

上联　国富民强盛世
下联　花香日暖新春

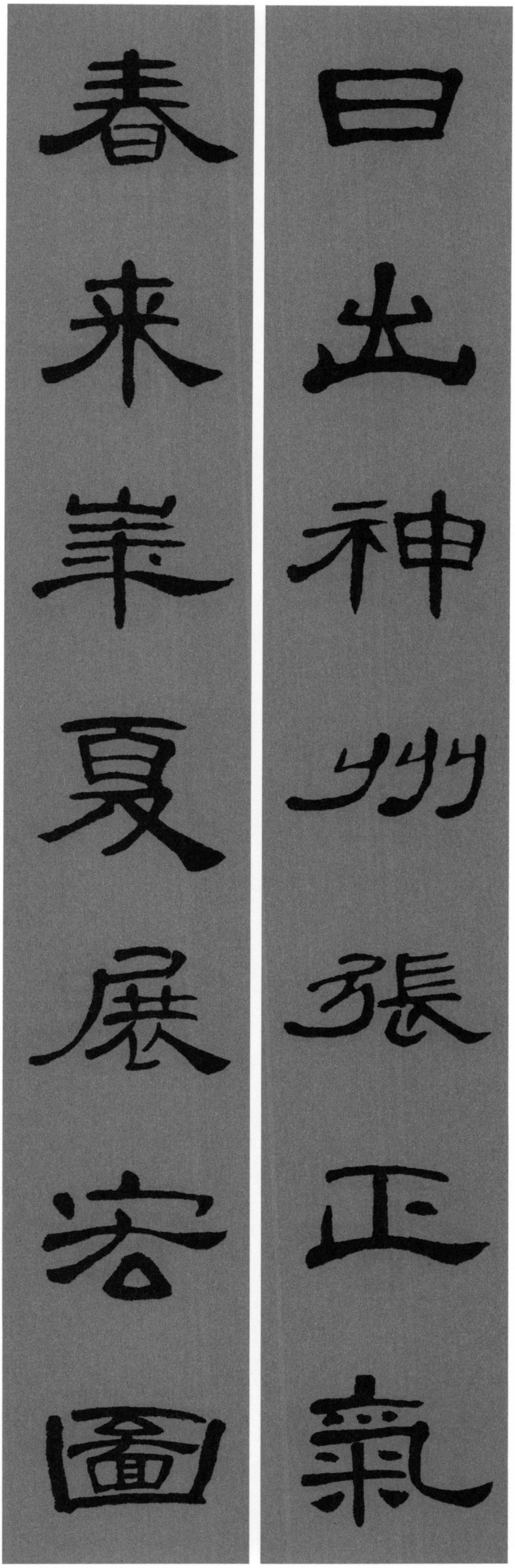

上联一日出神州张正气
下联一春来华夏展宏图

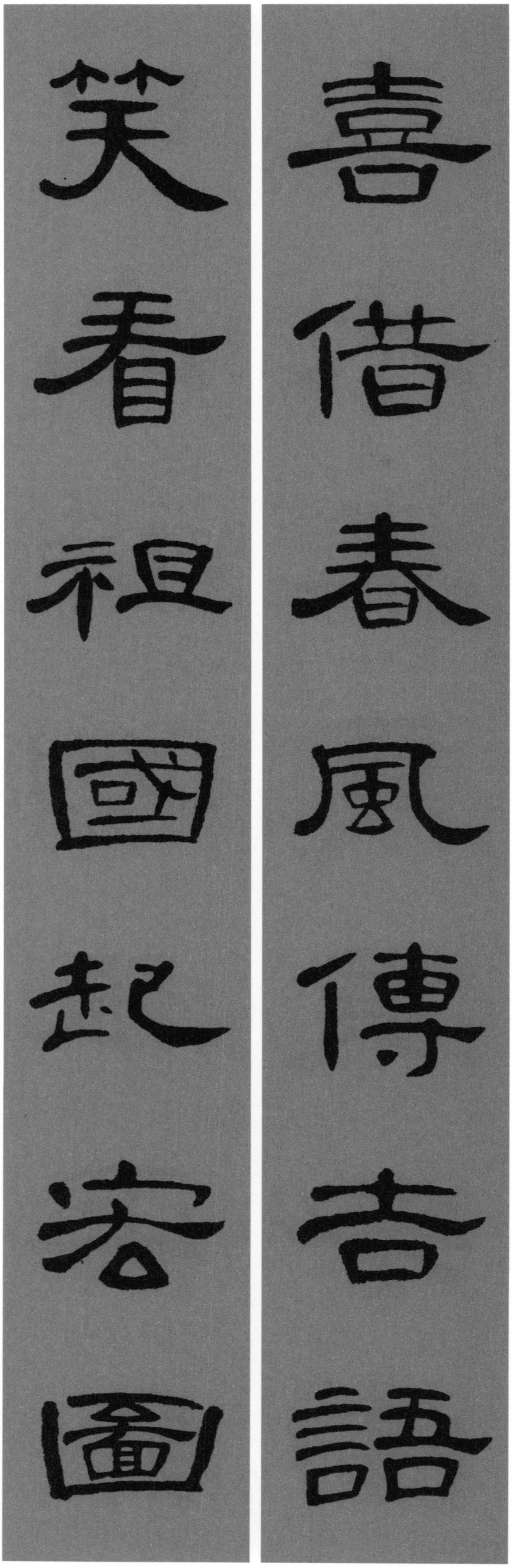

上联—喜借春风传吉语
下联—笑看祖国起宏图

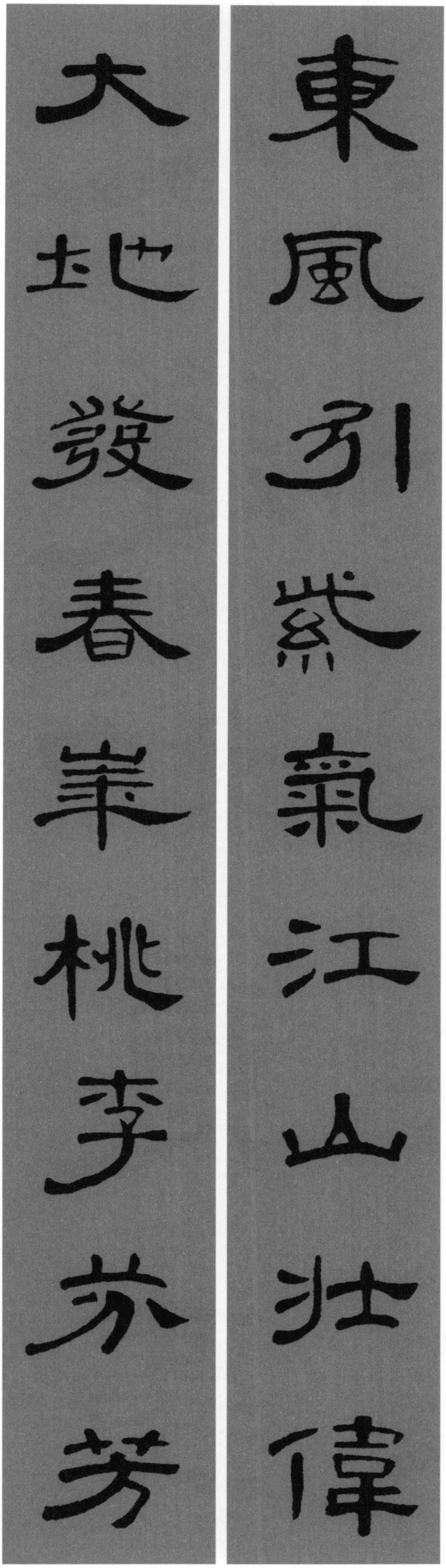

上联一东风引紫气江山壮伟
下联一大地发春华桃李芬芳

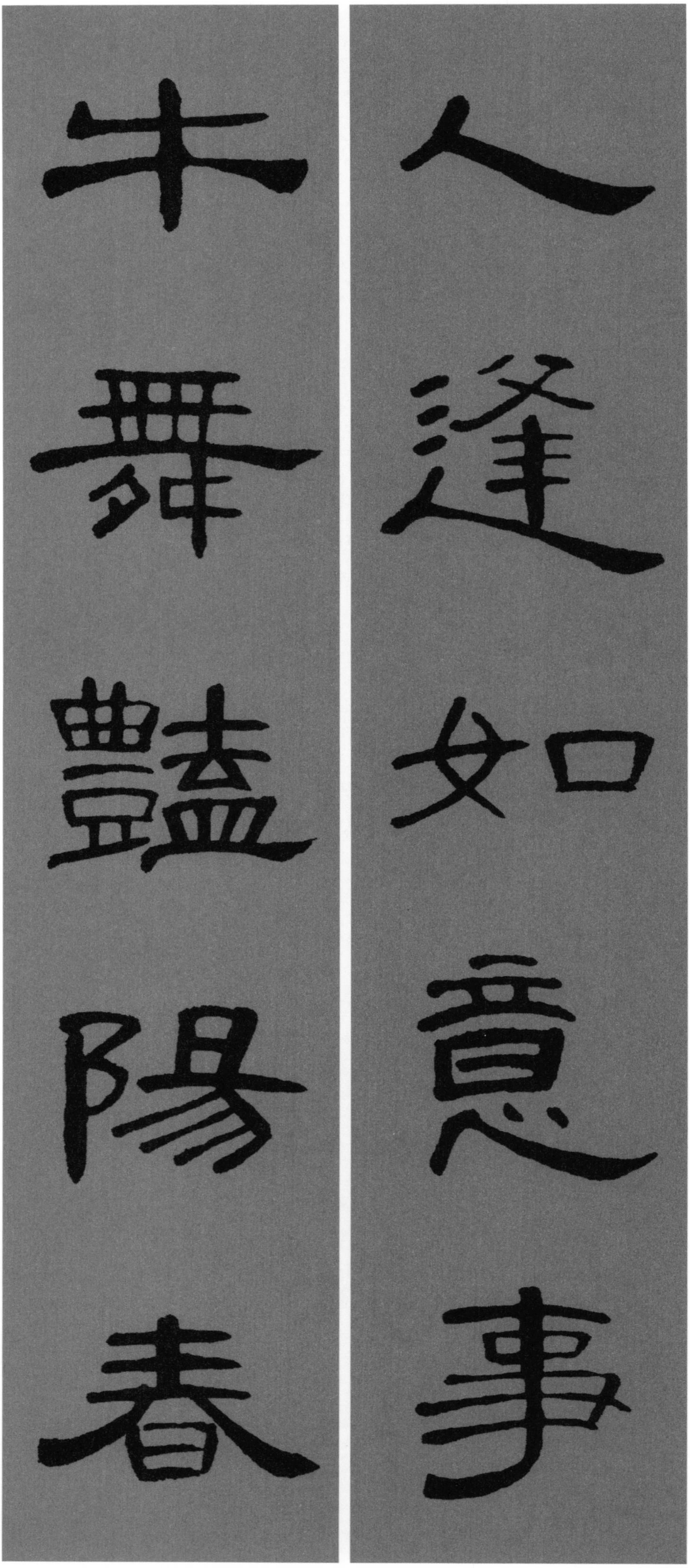

上联｜人逢如意事
下联｜牛舞艳阳春

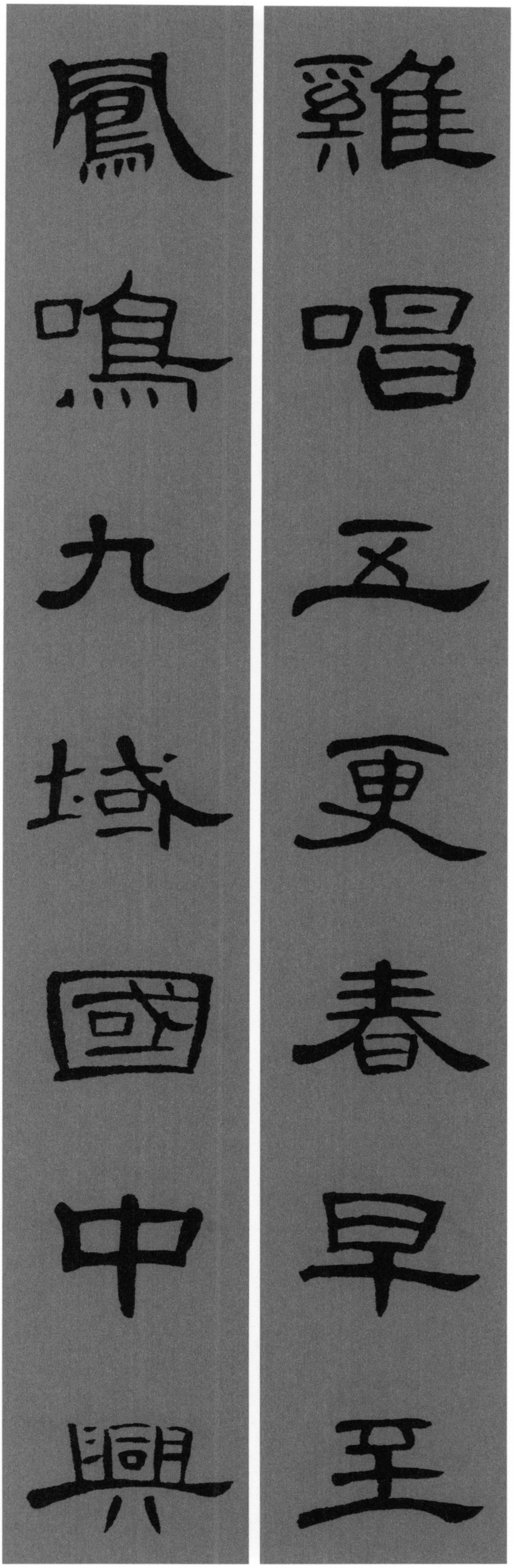

上联—鸡唱五更春早至
下联—凤鸣九域国中兴

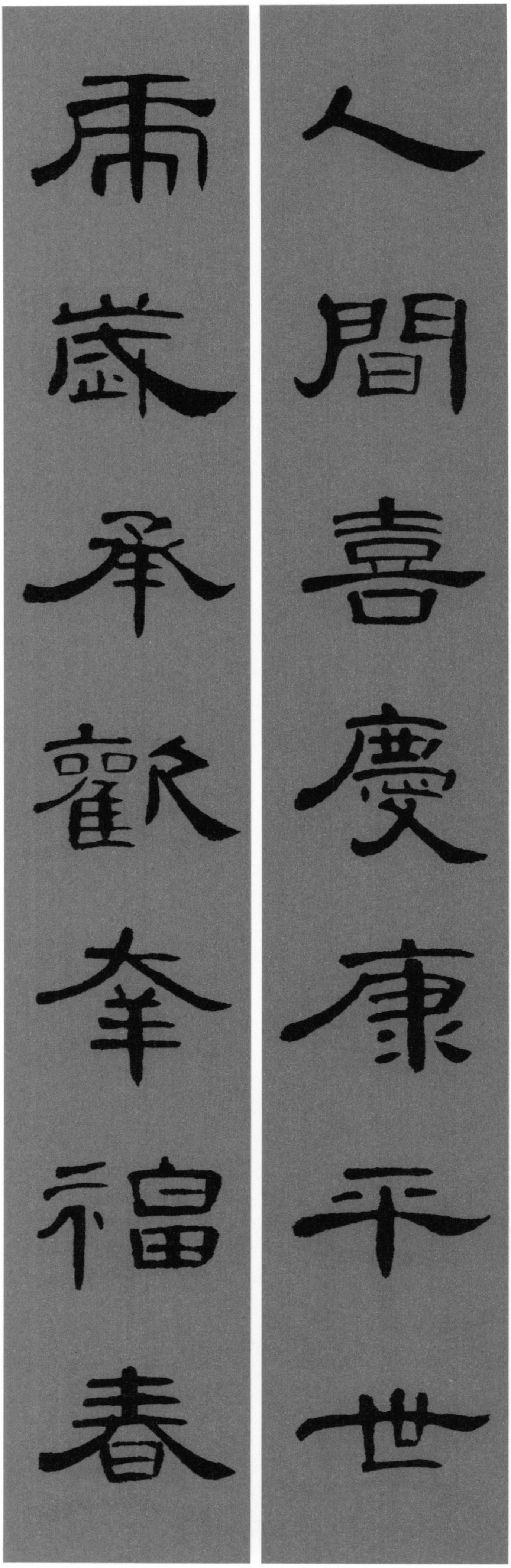

上联｜人间喜庆康平世
下联｜虎岁承欢幸福春

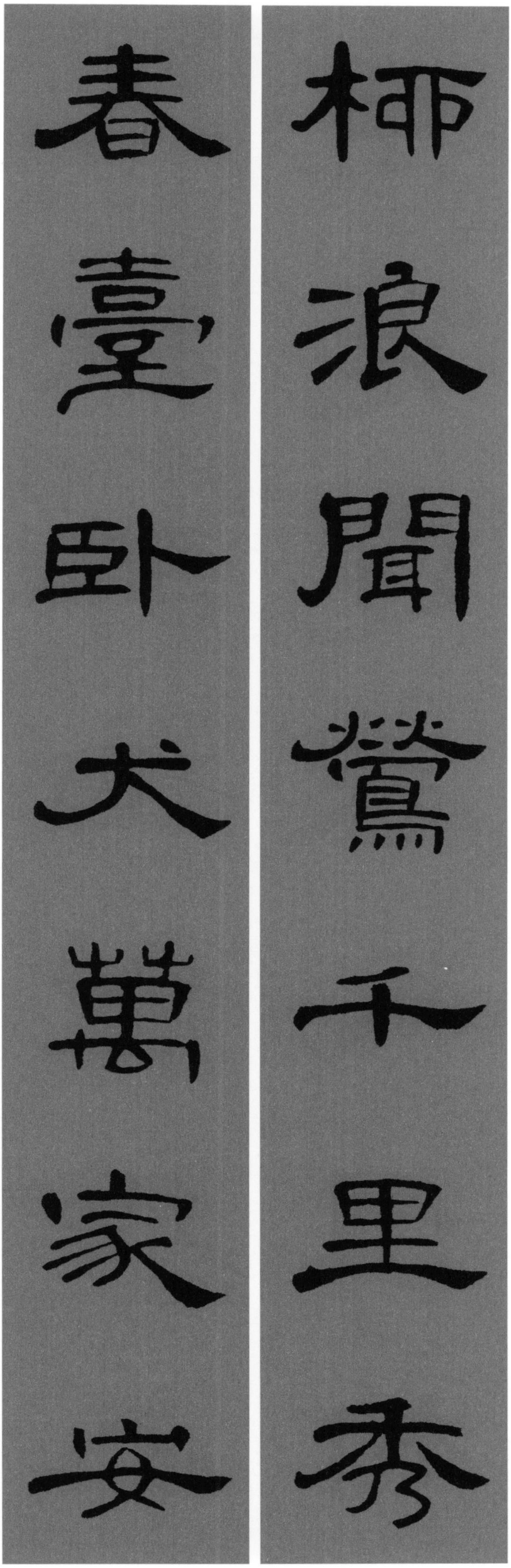

上联—柳浪闻莺千里秀
下联—春台卧犬万家安

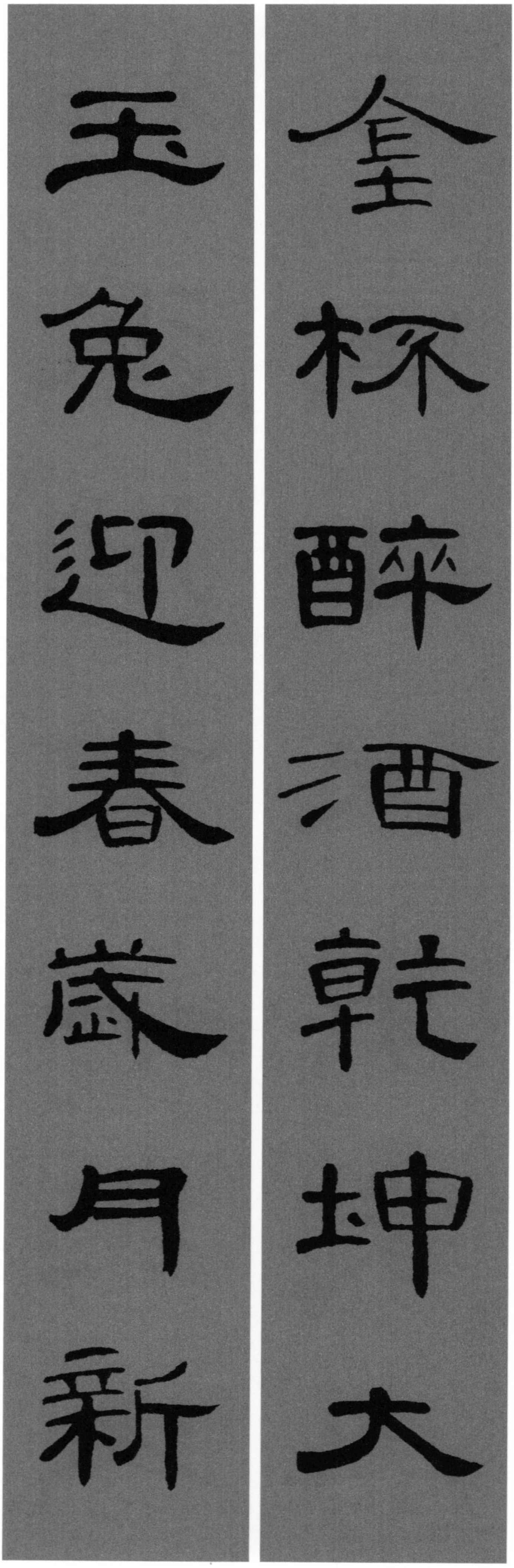
金杯醉酒乾坤大
玉兔迎春歲月新

上联—金杯醉酒乾坤大
下联—玉兔迎春岁月新

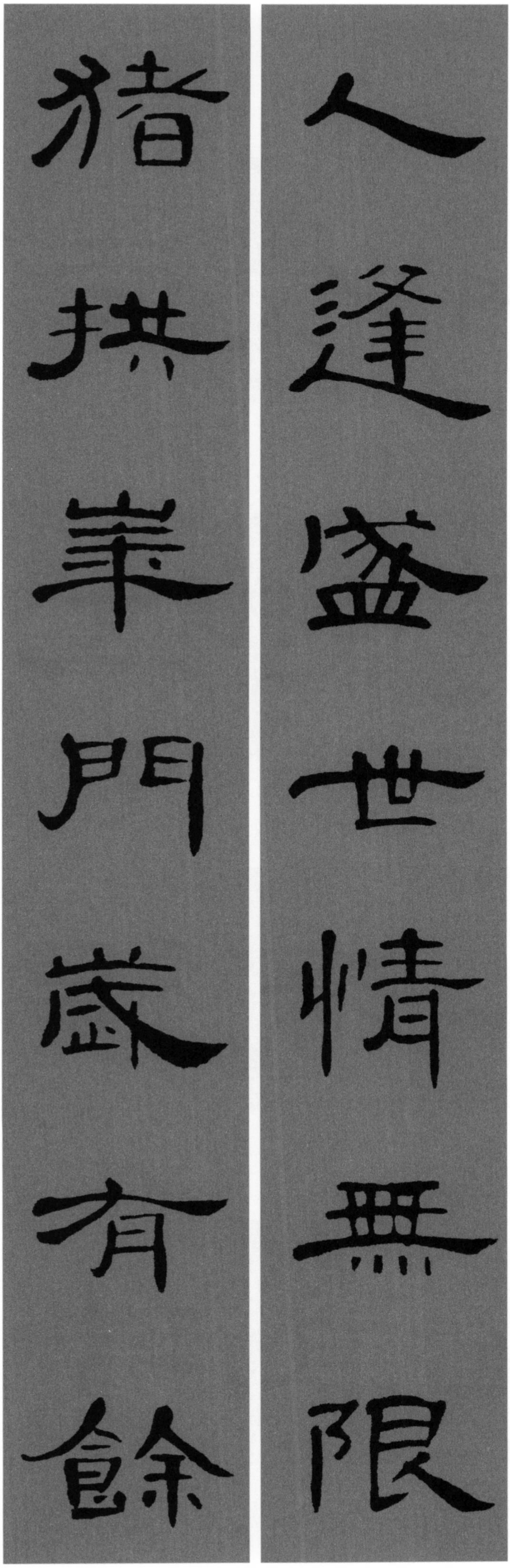

上联—人逢盛世情无限
下联—猪拱华门岁有余

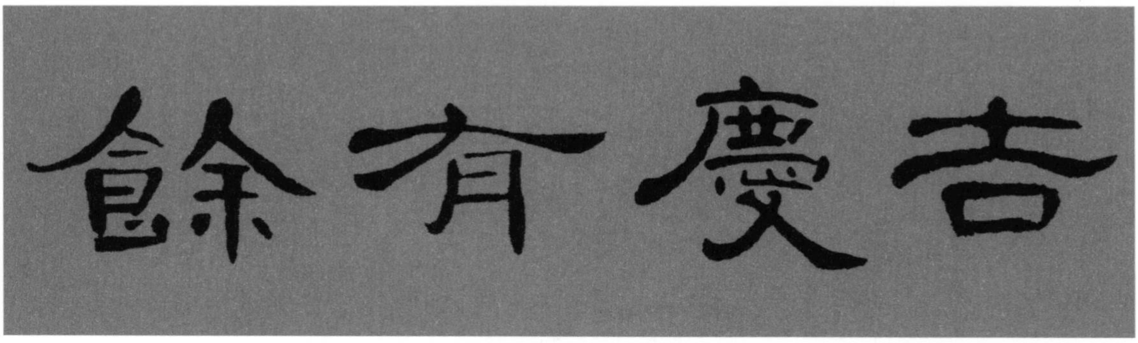

横披| 吉庆有余

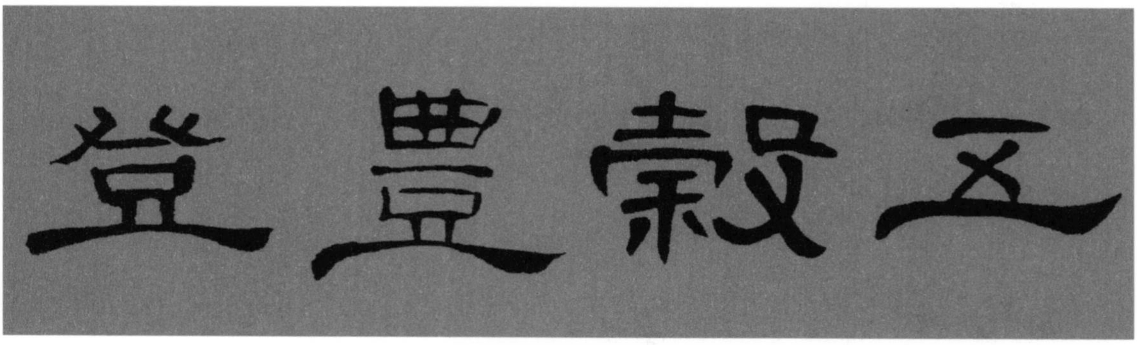

横披| 五谷丰登

横披| 福满人间

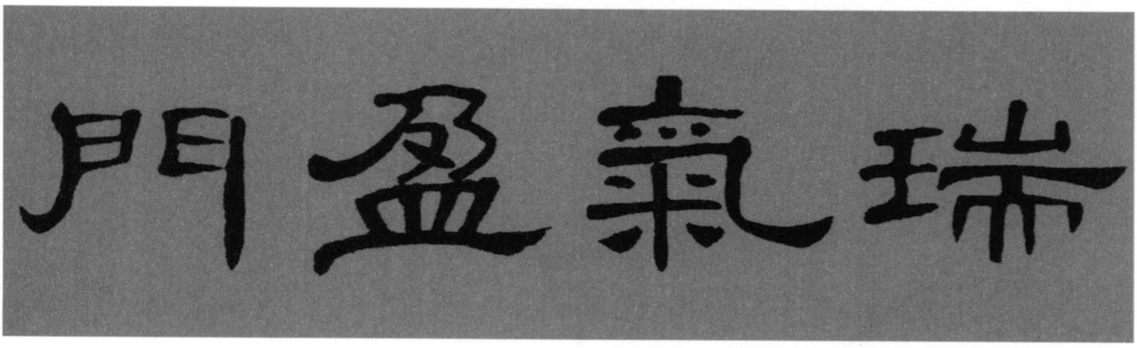

横披| 瑞气盈门

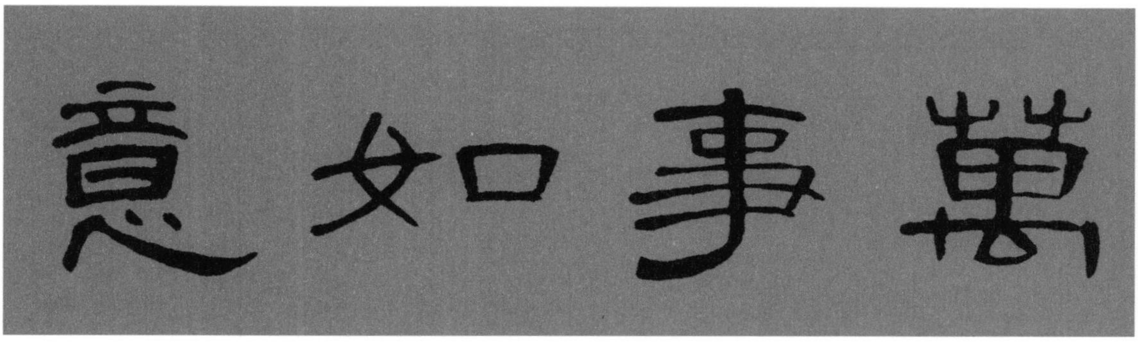

横披| 万事如意

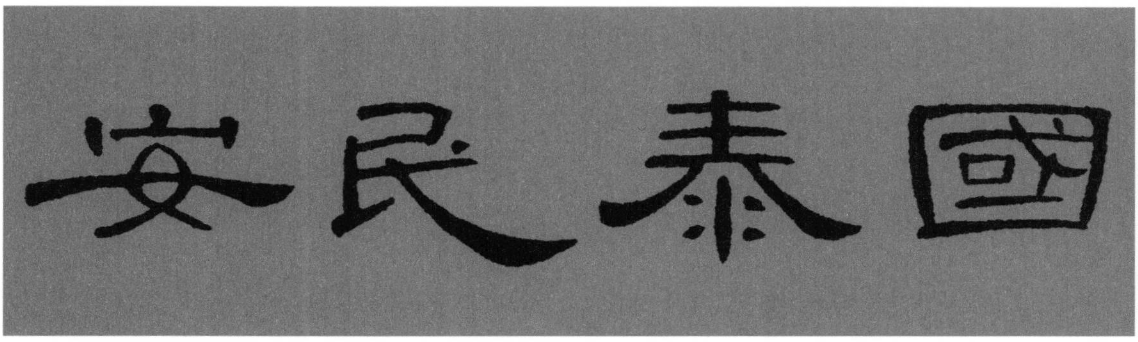

横披| 国泰民安

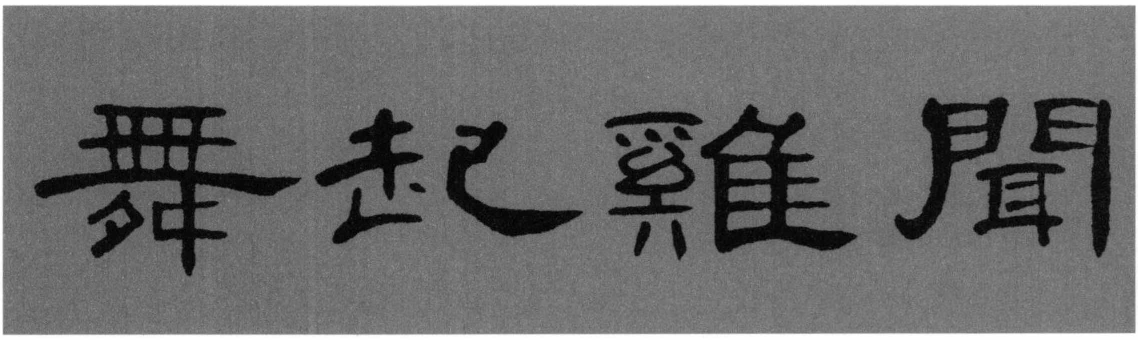

横披| 闻鸡起舞

小贴士

通用——万象更新、春迎四海、一元复始、春满人间、万象呈辉、瑞气盈门、万事如意；
丰收——五谷丰登、风调雨顺、时和岁丰、物阜民康、雪兆年丰、春华秋实、吉庆有余；
福寿——福乐长寿、五福齐至、紫气东来、寿山福海、益寿延年、福缘善庆、福寿康宁；
文化——惠风和畅、千祥云集、鸟语花香、日月生辉、瑞气氤氲、正气盈门、江山如画；
行业——百花齐放、业精于勤、业广惟勤、万事如意、千秋大业；
爱国——振兴中华、江山多娇、大好河山、气壮山河、瑞满神州、祖国长春；
生肖——闻鸡起舞、灵猴献瑞、龙腾虎跃、龙兴华夏、万马争春。

图书在版编目(CIP)数据

曹全碑集字春联/程峰编. -- 上海:上海书画出版社,2016.12

(春联挥毫必备)

ISBN 978-7-5479-1366-6

Ⅰ. ①曹… Ⅱ. ①程… Ⅲ. ①隶书-碑帖-中国-东汉时代 Ⅳ. ①J292.22

中国版本图书馆CIP数据核字(2016)第288073号

曹全碑集字春联

春联挥毫必备

程峰 编

责任编辑 张恒烟
审　　读 雍　琦
责任校对 郭晓霞
技术编辑 包赛明

出版发行 上海世纪出版集团
上海书画出版社
地址 上海市闵行区号景路159弄A座4楼
邮政编码 201101
网址 www.shshuhua.com
E-mail shcpph@163.com
制版 上海文高文化发展有限公司
印刷 浙江海虹彩色印务有限公司
经销 各地新华书店
开本 690×787 1/8
印张 10.5
版次 2016年12月第1版 2022年10月第13次印刷
印数 47,551-49,850

书号 ISBN 978-7-5479-1366-6
定价 35.00元